KB118475

천사를 거부하는 우울한 연인에게

양안다 시집

문학동네시인선 186 양안다

천사를 거부하는 우울한 연인에게

시인의 말

이 시들을 쓰면서 나는 대체로 취해 있었고 새벽이었다. 문득 시인의 말을 편지로 쓰면 좋겠다고 생각했는데, 시를 쓰는 동안 나의 친구가 자주 떠올랐기 때문이다.

잘 지내? 너는 천사가 나오는 시를 싫어했지. 천사라는 존재가 특별하고 아름답게 표현되는 것이 싫다고 했잖아. 내가 너의 말에 동의하지 않아서 해뜰 때까지 다투는 날이 많았지.

언제나 미러볼과 전자음악과 알코올의 밤이었다. 어쩌다 우리가 멀어지게 된 걸까? 서로를 너무 많이 낭비한 탓일까? 하지만 나는 한 번도 후회한 적 없었어.

지금 만나게 되면 우리는 무슨 대화를 나눌까. 너는 여전히 졸린 눈으로 취하고, 춤을 추고, 시시한 대화를 즐기곤 할까.

나는 너를 이해하고 싶었고 그래서 내가 썼다. 특별하지 않고 아름답지 않은 천사를. 인간과 다를 바 없는 천사에 대한 시를. 너는 이 시집을 마음에 들어할까? 만약 우리 다시 만나면

이제 다투지 않게 될까? 어디선가

나의 친구, 네가 이걸 읽는다고 생각하면 내가 다 괜찮아진다.

아직도 헤매며 이 세계 어디서 너 혼자.

2023년 1월
양안다

차례

시인의 말 004

1부 우리는 눈사람, 녹는 가면을 쓰고

저글링 010
여름 개들의 끝 절망 012
꿈속 얼굴을 014
첫 안경을 쓰는 아이들을 위해 016
천사 잠 020
재정렬 023
개와 개 024
소학교 일년생 026
퇴원 030
천사를 거부하는 우울한 연인에게 033
캐치볼 036
다른 페이지의 낙원 038
검은 장벽 040
매그놀리아 멜랑콜리아 044
겨울은 계속 나쁜 짓을 047
잔디와 청보리의 세계 051
Queen of Cups 056
가장 선호하는 관심사 059

림보 062
망상 한계 065
미래 의자 068

2부 이 구부러진 손가락에 작은 불씨를 주십시오

둘 천사 072
그러나 고요하고 거룩한 075
무지개 때문에 자살을 생각한 소년 소녀들 076
꿈의 체스 080
백일몽 082
나쁜 피 084
쇼파르 086
호랑이 굴 091
탄포포 094
오뉴월 096
me 099
여름이 오면 우리는 나아지겠지 그런 믿음 100

방아쇠와 이어달리기 102
재활 105
해마의 방 106
도킹 108
도핑 110
pleasedontleavemealone 115
연대기 118
몇 개의 작은 상처들 120
캠프 122
절벽까지 여섯 발자국 125
트램펄린 132

발문 | 완전한 불완전 133
| 윤의섭(시인)

1부
우리는 눈사람, 녹는 가면을 쓰고

저글링

공중으로

식칼을 던진다. 식칼을 던진다. 식칼 두 자루가 공중을

통과하고.

모든 빛이 식칼에게 쏟아진다.

반사합니다. 눈동자 위로 태양. 눈동자 위로 태양이 지나가고. 태양 두 개가

새의 두 눈에 떠 있으면.

이제 너의 차례입니다. 태양이 태양에게.
이제 나의 차례입니까. 태양이 태양에게.

식칼이

추락합니다. 그리고 또다른 추락입니다. 식칼 두 자루가 공중을 통과한다. 새가 그 자리를 지나가면.

잘린 손목을 두고 가겠습니다.

그러면 나를 용서해줄 줄 알았어.

여름 개들의 끝 절망

여름이 지나갔다. 그래서 폭죽이 아름다웠다.

마을 아이들이 무르팍을 깨먹고 피를 질질 흘리는 날이면 나는 순수를 견딜 수 없었다.

꿈속에서 나는 사랑을 만드는 사람이었다. 누구에게나 슬픔을 속삭이고 두 손을 맞잡으며.
연회장에서는 춤을.
우리, 더러운 입술로 비밀을 나누자. 몰래 뒷문으로 나가는 건 어때?

이름 모를 골목에서 버려진 채로 깨어나고 싶다.

저기,
외눈 고양이가 벽을 타다 바닥에 고꾸라진다. 뒷발이 박살난 줄도 모르고……

—무슨 소원 빌었어?
—부디 잠든 채로 편안히 죽기를.

주말 광장에는 언제나 종교 집회가 한창이었다.

오 나의 신이시여.

내가 느끼고 싶은 건 조물주의 모든 슬픔.

정말로 우리가 같은 해변의 모래알로 빚어진 걸까.

피똥을 싸던 들개 두 마리가
갑작스러운 폭죽에 놀라 뒷걸음칠 때.

—여름이 지나가고 있어.
—아니. 내가 너를 지나가고 있어.

서로의 소금기 묻은 팔뚝을 핥아주며.

오 나의 연인 개여.

물구나무서서 턱이 빠지도록 웃었지. 다시는 울지 않겠다고 약속해서.

꿈속 얼굴을

구름은 떠내려간다. 구름은 떠내려가고. 구름은 조각난다. 청색 하늘의 유속을 가늠하지 않기 위해. 강물을 따라 걸었고 물줄기를 따라 내려오는 종이배를 보았다. 종이배는 젖은 채로 가라앉지 않고 있었다. 가까이 떠내려왔을 때 그것이 종이배가 아니라 죽은 개라는 걸 깨달았다.

꿈속의 일이었다.

죽은 개는 떠내려간다. 죽은 개는 떠내려가고. 죽은 개는 조각난다.

숲은 한낮에도 그늘이 드리워 어두웠다.

아마도 이 숲에 온 적이 있었는데 기억이 선명하지 않았다. 나는 액자를 찾고 싶었다. 그 액자에는 그림이 있을 것이고, 웃거나 울고 있는 두 사람이 그려져 있을 것이고, 그들은 작은 사람과 더 작은 사람으로 서 있을 것이다.

"나는 끝내 우리가 조각날 거라는 사실을 알고 있어요."

작은 사람은 말할 것이다.

당신은 나를 사랑하지 않는군요, 더 작은 사람은 슬픔을 느꼈지만 웃는 표정으로 그려졌을지도 모른다.

"우리는 떠내려가죠. 우리는 떠내려가고. 우리는 조각날 거예요."

더 작은 사람은 작은 사람이 바보 같다고 생각했다. 이기

적이고 멍청하다고 생각했다. 더 작은 사람은 지금 자신의 감정이 무엇인지 정확히 표현할 수 없었다. 누구도 필요 이상의 슬픔을 명명한 적 없었다.

그러나 더 작은 사람은 어떤 말이라도 해야 했다.

나는 당신이 누구인지 헷갈릴 때가 많아요. 내가 지금 누구와 걷고 있는 거죠? 도대체 무슨 마음으로 그런 소리를 하는 거예요? 정말 바보 같아. 이럴 때마다 나 혼자 바보 되는 것 같다고. 나는 가끔 당신이 되는 꿈을 꿔요. 이해하고 싶어. 나도 당신만큼 똑똑하고 재능 있었으면 좋겠어. 그런데, 정말……

종이배는 짖는다. 종이배는 짖고. 종이배는 물어뜯는다.

꿈속의 일이었다.

더는 모르겠어. 추워……

첫 안경을 쓰는 아이들을 위해

창살을 빗줄기로 보았을 때
사람들은 내가 갇혔다고 말했다.
투명한 감옥에서.
혹은 끝없는 잔디밭에 누운 채로.

서둘러.
새들은 말한다. 서둘러. 늦으면 안 되니까.
저 골목을 지나서. 인파를 헤치면서.
네가 맞이하게 될 첫 세계야.
어때?

저는 턱에 구멍이 났나봐요.
기울이는 잔마다 질질 흘리기 일쑤고
갑자기 목소리를 잃곤 해요. 내 말이 이해돼요?
나는 들은 척만 한 건데.

나라는 사람은
몇 송이의 리시안셔스와
슬픈 멜로디로 채워져 있는 듯해요.
나는 꽃 이름을 외우지 않는다. 그것이 유치해서.

신이 해변에서 모래성을 쌓는 동안
천사는 푸주칼로 살덩이를 잘라내었다. 뎅겅. 뎅겅.

뎅겅.

그걸 자른다고 표현할 수 있습니까?

내리친다. 벼락이 땅을 쓰다듬기 위해.

그러나 새들은
바보, 천국은 그런 게 아니지, 한다.

그래요. 신이 선하거나 악하거나 하는 기준은 인간이 만든 것이지요.

나는 그를 무척 어리다고 여겼어요.

시작되는 연인들은 응답을 기다리고 있다. 그가 영원한 아이인 줄도 모르고.

영원한 사랑을 위해.

영원.

그런 건 한번 잘린 인간의 신체가 다시 자라지 않는 것과 같았다. 그러나 절단된 정신을 붙잡고 영원을 꿈꾸는 연인이 이 땅에 있다. 사랑해. 그것이 무엇인지도 모르면서. 사랑한다고. 그것을 어떻게 다뤄야 하는지도 모르면서. 영원에 실패하기를 반복하면서.

그것이 유치해서.

신은 새 모래성을 쌓으려 또 부수기에.

어느 쪽이 더 선명하게 보이나요.
앞에 뭐라고 쓰여 있나요.
푸주칼로 마구 내리친 천국인가요?
아니면 반듯하게?

어느 쪽이?

그것은 나의 무기다.
그것은 나의 목련이다.
그것은 나의 퍼레이드고
그것은 나의 졸피뎀이다.

아이는 발목에 닿는 물기를 느낀다. 문득 해변의 모양을 바라본다. 바닷물이 아이의 발목을 적신다.

"이걸 뭐라고 부르지?"

아이는 물의 춤을 바라본다. 해변을 사랑할 의지가 없다.

천사 잠

폭우입니다. 누군가의 비명인 줄 알았습니다. 힘껏 소리를

지르면

목구멍이
거대한 파이프입니다. 이것이 기쁨입니까. 주파수를 변환하면
슬픔이 됩니까. 과연 우리의 가슴에 우리의 마음이 있나요. 우리의 뇌가

우리의 주인입니까.

서론이 길었습니다.

천사들이 노 젓는 배가 출항하는 날.
앉을 자리가 없군요. 안녕하세요. 안녕하세요. 나를 환영하세요. 낮과 밤을 버티다 잠들었습니다.
머릿속에서
벚꽃이 흩날리고, 쏟아지는 속삭임, 깨진 유리잔.
총성이 울리면 에코가 퍼지고.
나는 순환기질입니다. 웃고 울고 웃고 울고 낮과 밤과 마음이 가슴이.
맞담배

하시겠어요?
모두 무탈하시길 바랍니다.
나의 아름답고 강박적인 환자들 또 영영 아름다워라.

통나무는 내리막으로 굴러가는데.
징그러움은 피부에서 굴러가는데.

하늘에서, 땅에서, 바다에서, 물속 가라앉은 도시에서
소문을 확인하기 위해 찾아오는 순례자들.
장벽 너머 그곳에는
무슨 종의 꽃이 피어 있는지, 무엇을 먹고 무엇을 입는지,
그곳 사람들은
신체 어디에 마음을 담아두고 있는지. 장벽 앞에서 힘껏
소리를

지르면

사소한 파이프입니다. 주파수를 변환하지 않아도
무기력입니다. 아무래도 우리의 마음은 우리의 뇌에
있다고 생각했어요.

문지기와 순례자가 설전을 벌이는 동안. 순례자의 아이가
장벽을 만지는 동안. 성난 순례자가 장벽에 계란을 던지는

동안. 깨진 계란이 장벽 위에서 흘러내리는 동안. 아이가 흐르는 계란을 손가락 끝으로 만져보는 동안. 다른 계란이 아이의 머리를 가격하는 동안. 횃불과 깃발을 들고 온 행렬이 장벽 앞에서 시위하는 동안. 성호를 긋고 기도하는 종교인의 신앙이 흔들리는 동안. 계란을 던진 순례자와 아이의 부모가 다투는 동안.

수레바퀴가 돌아간다. 운명이 아닌
우연의 수레바퀴가 돌아가고.

어느 화가는
커다란 캔버스에 장벽에서의 시간을 그려내었다.
나의 마음보다 크구나. 한 손엔 벽돌,
한 손엔 시멘트를 들고.

접견하겠습니다.

수레바퀴를 외발자전거처럼 타며.

천사들이여, 곤히 잠든 환자들을 위해
노 계속 저어주어요. 숨 쉬고 숨 뱉고 강박적인 결벽적인 물처럼 불처럼 아름다운 아름다운 아름다운.

재정렬

한 아이는 말했습니다. "나는 살찐 쥐가 되는 꿈을 꿔요. 도망치는데 구멍에 들어갈 수 없고 꿈 마지막에 다다르면 손아귀에 잡혀버리죠.

어느 꿈에서는 친구들과 텅 빈 새벽 도로를 걸었어요. 이 꿈에서 깨면 친구들이 죽는다는 걸 나는 알고 있었어요.

—미안해. 나는 꼭 가야 할 곳이 있어.

친구들은 일제히 나를 쳐다보았습니다.

—우리를 죽이고 어디로 가려는 거야?

사거리에는 오토바이가 박살나 있었어요."

아이는 나에게
휘파람 부는 법을 알려주었다.
그 작은 손으로 나의 입술을 둥글게 만져주었다.
아이는 나에게 물속에서 오래 숨 참는 법을 알려주었으며
아이는 나에게 작은 개와 노는 법을 알려주었다.
어느 밤이면
우울한 사람들이 하루의 절반을 버티고 있지만
나는 이제 음악을 만들 줄 알고
익사하지 않을 자신이 있으며
나의 개를 기쁘게 해주었다.
그러나 아이는
다시 유년으로 돌아가는 꿈을 꾸는 법에 대해
내게 알려주지 않고 떠났다.

개와 개

모든 골목마다
소문이 뒤끓고 있다. 오늘의 어둠이 제일 먼저 숨긴 건
나의 얼굴이었습니까. 기도하는 건 나인데
왜 너의 얼굴이 울고 있어. 물에 빠진 영혼처럼.
비가 공원에 쏟아지는데
너는 춤을 사랑하는 사람이다.
친절해요. 차가운 손을 내밀면 차가운 손을 잡는군요.
너의 구두코가 나를 재촉한다.
움직일 줄을 모르는구나. 바보……
나의 넥타이가 내 목을 재촉한다.
그래. 움직일 줄을 모르는구나. 바보……
관자놀이에 대못이 박히는 꿈.
그래. 차가운 손을……
내가 엉뚱한 소리를 하거든
그냥 웃어줘요. 쓰다 만 편지를 찢어서
꽃 가득한 정원을 그리세요. 그건 시들지 않아요.
그건 평생 향기나지 않아요. 네. 영원이네요.
우리는 그 정원에서 세상 헛소리를 속삭인다.
뼈 모양 드러난 두 무릎 꿇고
영도 이하의 손을 맞잡고.
서로에게 머리를 조아리겠습니다. 그것은 개들의 경전.
그것은 개들의 사원. 그것은 개들의 신앙.
두 발 달린 생물은 금지된 예배당이었다.

그러나 영혼이여.
지나치게 차가운 손은 우리에게 불필요합니다.
그러나 영혼이여.
개와 개는 달려간다.
개와 개는 비에 젖는다.
개와 개는 물에 빠진 영혼이 된다.
개가 넘어지고 개는 춤을 춘다.
개가 속삭이고 개는 헐떡이며 웃는다.
개가 엎드리고
개는 엎드리고
모든 골목으로부터
들었습니까? 우리가 그 소문의 주인입니다.
힘껏 짖고 꽃 덤불에서 뒹굴어요.
바보……
병든 개는
개의 품에서 잠이 들고 그러나 영혼이여.
그것은 개들의 종교.

소학교 일년생

아직 개화하지 않은 꽃을 꺾어 묶고 싶었다. 세상 선생님들이 나를 후려치고 비난하겠지만.

몸이 자라는데 몸만 자라고 있었다. 청춘이라는 단어를 쓰는 사람은 소년 소녀를 꿈꾸는 늙은 사람뿐이었다.

그 아이는 마을 축제에 가려던 나를 나무 그늘로 끌고 가면서, "왜 축제는 여름에 하는지 모르겠어요. 버겁잖아요. 숨쉬기가." 그 아이의 흰 손목이 유독 하얗게 보인다는 생각 속에서…… 그 아이가 나를 빤히 쳐다보았고 구멍 뚫린 나뭇잎이 계속 떨어졌다.

그 밤의 학교에서
나는 약속 시간에 맞춰 그들을 찾아갔다. 교실 뒤편에는 상급생들이 턱을 괴거나 책상에 두 발을 올려놓고 있었다. 문득 곤충을 눌러 터뜨렸을 때 맡을 수 있는, 그런 비릿한 냄새가 났고 나는 땀에 전 티셔츠를 뒤집어쓰고 두들겨맞았다.

한순간 예쁜 건 소용없다고 생각했다. 불량 폭죽을 한아름 사다가 불을 붙일 때. 친구들의 웃음이 폭죽보다 빠르게 밤공기에 퍼져나갈 때. 불발된 폭죽을 모래에 쑤셔박을 때. 서로에게 폭죽을 겨냥하며 멀리 달려갈 때.

—또 기억에 남는 이야기가 있습니까.

—나는 운좋게도 좋은 선생님들을 많이 만났어요.

—그건 사실이 아니에요.

—그렇지만 분명 좋은 선생님들이었는걸요.

닭장 안에서 닭은 괴로울까.

선생님들은 학교 밖에서도 교육자로 살아가야 할까.

학생들은 경찰보다 빨리 달릴 수 없는 걸까.

형량도 나이에 따라 결정되는 걸까.

사랑도 나이에 따라 달라지는 걸까.

친구가 손에 피 묻히고 오면 숨겨줘야 하는 걸까.

신은 좋은 사람을 곁에 두려고 일찍 데려가는 걸까.

익사자에게 악어의 영혼을 심어주면 물 밖으로 나올 수 있을까.

마지막으로 발을 구르며 웃던 게 언제였을까.

마지막 폭죽이 터질 때…… 한 친구가 눈을 부여잡고 쓰러졌다. *한쪽 눈으로 세상을 보면 슬픔도 반이 되는 걸까.*

폐건물에서 그 아이는
드럼통에 종이 찢어 넣고
불을 지피며

알 수 없는 진실에 대해 이야기했습니다.
"나는 거울을 볼 때마다 깨뜨리고 싶어요.
하루가 다르게 내 모습이 낯설어져서 견딜 수가 없어요."
꿈에서 살인을 저지르면 죄책감을 가져야 할까.
나는 그 아이의 말에 대답할 수 없어서
심심한 농담을 지어냈다.
놀이공원이 폐장되자
대관람차에 갇힌 사람은
올라가고 내려가고
올라가고 내려가기를 반복하다가
끝내 그곳에 갇힌 채 죽었다. 그가 발견되었을 때
대관람차 창문에는 다음과 같이 적혀 있었다.
'나가고 싶어. 아득한 높이는 숨막혀……'
꿈에서는 수평선에 가라앉은 내가 아득한 깊이를 이해했다.

"햇빛이 밝다는 건
새들의 기분이 좋다는 것.
안개도 나쁘지 않죠. 그러나
비가 오면 나는 나뭇가지로 날아가요."

옆집 부부가 싸우는 소리가 들릴 때면 천장에 핀 곰팡이를 세다 잠에 들었다. 하나, 둘, 셋…… 언젠가 나도 저런 사랑을 하게 될까. 저런 것도 사랑인 걸까. 삼백이십사, 삼백이

십오, 삼백이십육……

—나는 아직 죽지 않아요. 주마등이 스치지 않았거든요.

마을 축제가 끝나갈 때 매스게임이 시작되었는데 *아이들은 하루가 다르게 어디로 사라지는 걸까.*

퇴원

잠에 들지.

눈이 붓지.

꿈에서까지 나의 친애하는 우울을 나눌 필요는 없으니.

숲과 불과 재와

연기가 떠오르는 새벽입니다.

나의 머리통을 불태워줘. 물론 꿈속에서요.

어린 내가 친구들과 함께 흩어지는데요.

계속해서 속아 넘어지겠습니다. 그때 나의 마음 누가 훔쳐갔는지.

혹시 그건 나의 매혹 아니었는지.

그러나 새벽은

저녁의 또다른 이름이자 황홀이었다.

나는 아직도 꿈에서 그네를 타고

정글짐 오르며

발을 구르고 있다. 미안, 목소리 한번 듣고 싶어서 그랬어.

선생님, 삶은 불평등해요. 그러나 죽음은 평등하고

같은 모양의 무덤을 갖고

공중묘원에서

나는 두 눈이 멀어버리는 줄 알았습니다.

맞아요. 아직 섣부르고 어린 피입니다.

달은 어둠을 불러모읍니다. 나는 이불을 끌어당기며

삐져나온 두 발을 의식하며

차가운 칼날을 상상하다가……

천사가 와서 입을 맞춰주겠지요.
부끄러워 얼굴을 가렸어요. 잠들기 전마다 취한 상태고
말릴 사람이 없죠. 속도가 자꾸 붙어요.
상처 아문 자리를 긁고 또 긁으며
새 상처를 만들고 내가 도움을 요청했나요?
네. 안 했다면 다행이네요.
나의 장례식에서 아무도 울지 말아요.
그러지 마. 위선적이니까. 물론 나는 죽지 않아요.
분노가 흔들거리니까
내가 흔들거리며 걷는다. 어린 내가 꿈의 그네를 타는데.
달은 외눈이었고
양초는 외마음이었다.
우울은 비웃음.
괜찮아요. 나는 이분법을 다 버렸다. 애정과 증오가,
사랑과 살의가 하나의 마음이라는 걸 이해하기까지
시간이 필요했을 뿐. 그리고
잠에 들지.
눈이 붓는데.
친구들, 미안합니다. 내가 이런 망상에 휩싸여도
날 미워하지 말아요.
임산부의 눈동자에도
태아의 눈동자가 깃들어 있다는 걸 믿겠습니다.
나의 친애하는 우울.

사람들은 아무렇지 않은 듯이 소문을 만들어냈다. 사람들은 아무렇지 않은 듯이 슬픔을 만들어냈다. 나는 아무렇지 않은 척했다.

나를 바라보는 시선이 있었다. 내가 울었다.

창문 하나를 사이에 두고.

천사를 거부하는 우울한 연인에게

내가 내 문제를 끝낼 수 있게 도와줘.

우리는 혼절한 단어를 너무 많이 받아 적었잖아.
우리는 해롭고 틀린 방식으로 기절합니다. 새벽이면 우리의 방에 청색 리듬이 필요합니다. 등불이 밤새도록 헤엄치고. 목구멍은 가끔 악기가 되어서. 슬픔에 잠긴 돌, 이름을 붙여줄까요? 중력이 우리를 지배합니다. 무너지는 집을 떠나야죠. 척추에 대해서는 잘 모르지만 유연함은 우리의 전공입니다. 그래요. 새벽에 적응하지 못한 짐승이 졸도하는 시간이에요. 어두운 숲에서 눈뜨고 잠든 건 나무가 아니라

우리였습니까?

짐승이 되는 꿈은
해일을 일으킨다. 악몽은 당신을 가파른 협곡으로 몰아붙인다.
당신의 발에 두 손을 얹을게. 새벽 욕조의 푸른색으로.
온수입니다. 물속에서 빛나는 우리 발목을 봐. 어떤 어류가 우리를 간질인다.
피울 때마다 안개가 드리웠지요. 입맞추기 전에 기도를 가볍게 올렸어요.
우리는 인어의 방식으로 익사하지 않는다.

잠깐 잊은 꿈을 말해줄게.
그 꿈에서 우리는 온순한 짐승을 기다리고 있었다.
창문 밖으로 작은 나룻배가 적란운 사이를 떠다녔지.
당신은 악몽을 떨쳐내려 밤의 악보를 소리 내어 읽었어.
가라앉은 문장들이 우리의 목소리라고 하지 말아줘.
멀고 공허해. 텅 빈 공간도 망령으로 가득차 있다고 믿었잖아.
별들은 오리온자리 배열로 빛나는데, 그래, 내가 잘게 흩어졌어.
그리고 나는 당신에게 지평선이 불탄다고 말했다.
그리고 나는 당신에게 우리 반지의 테두리가 빛난다고 말했다.
당신은 내가 외면한 슬픔의 총체인 걸까.
우리는 아름다운 종류의 괴물을 천사라고 부르기로 합의했는데.
우리가 영원히 깨어날 수 없다는 말에 동의해줘.
이곳에서 기절하지 않을 거야.
우리는 좋은 부부가 될 거야. 우리는 좋은 부모가 되지 못할 거야.
알 수 없는 구름 속으로 나룻배가 산산조각나고 있어. 내가 절반 이상 죽은 줄 알았어.
그리고 가느다란 월식. 그리고

누군가가 우리의 문을

노크할 때.

창문에서 새벽빛이 쏟아진다. 블루.

캐치볼

던져줄 수 있습니다. 나도 모르는 속마음을
죽은 천사에게. 고래가 공 모양의 생물이었다면
물줄기도 뿜지 못하고 심해 밑바닥을 구르겠지.
연못이 커다란 거울이 되는 동안
물고기들이 자신의 꼬리를 보려
반사광으로 모여들었다. 강물이 흐르고 흘러 바다가 되고
익사자의 마음이 흐르고 흘러 바다가 되고……
나도 이렇게 자라고 싶지 않았어요. 빛이 쏟아지길
바란 건 아니지만 그렇다고 어둠 속으로 가라앉고 싶진
않았다.
숲에서 길을 잃은 어느 밤.
베일을 쓴 아이들이 두 손 모아 합장했고
달이 떠오르는 장면을 보았다. 아이들과 풀밭을 뒹굴며
생각보다 세상은 지루하고 달이 기울어가는데
그곳에서 죽어간다는 게 좋았다. 빠르게 구워 만든
빵을 찢어 먹으면 꼭 우리 같아서…… 웃었습니다.
"속삭임이 사라지면 우리는 길을 잃게 될 거야.
영원에 가까워지도록 서로의 귓속을 헤매게 될 거야."
이유도 없이
천사는 인간의 집에 와서 낮잠을 자곤 합니다.
희망은 부풀고 부풀다가 터지는 풍선.
잠에서 깬 천사는 인간을 자세히 들여다보다가
자신이 방금 꾼 악몽이 그의 것임을 알아챈다.

포유류가 되는 꿈. 공 모양의 천사가
밑바닥을 구르고 구르다 바다가 된다. 이리저리 날아다니는 건
새들과 마음으로 족하지 않나요?
빛을 해체하려고 연못에 죽은 영혼들이 모여 있다.
알고 있어요? 천국에는 언어도 소리도 없어서
누가 죽더라도 아무도 알아채지 못해요.
어느 날은 죽은 물고기를 멀리 던져보았습니다.
어느 날은 들판을 멀리 던져보았습니다.
어느 날은 독사를 멀리 던져보았습니다.
어느 날은 목덜미에 돋은 소름을 멀리 던져보았습니다.
어느 날은 영혼을 멀리 던져보았습니다.
밧줄이여.
목걸이여.
매달리고 싶진 않아—이건 나의 속마음이었지.

다른 페이지의 낙원

지구에서

천사가 쌀밥을 씹고 있었다. 밤은 빛을 등지고 걸어갔다. 밤이 멀어지고 있었다. 천사는 신을 믿지 않았지만 기도에 대한 믿음이 확고했다. "내가 삼킨 쌀알보다 더 많은 아이들에게. 내가 훔친 마음보다 더 많은 아이들에게……" 초 단위로 미치고 싶을 때마다 천사는 기타줄을 튕겨보았다. "시체 같은 밤이 지나고 시체가 되어 또다른 시체의 밤을 넘으면……" 음악에게 날개는 필요 없었고 그게 그들의 움직임을 더 아름답게 만들었다. "내 손톱을 벗기시고 두 발목을 거둬주시어 무언가를 움켜쥐는 것도, 어디로도 걷지 못하게 하여주시옵소서." 천사는 멀어지는 밤을 바라보았다. 밤이 멀어지는구나. 밤이 나를 등지고 걸어가네. 천사는 쌀밥을 씹고 있었다……

천국에서

인간이 자신을 소개하고 있었다. 인간의 예상과 다르게 천국 생물들은 그에게 관심을 표했다. "어디서 왔어요? 이곳은 온통 꿈이에요. 바보." 인간은 자신이 꾸다 만 꿈에 대해 이야기하기 시작했다. 어렸을 때는요…… 그러다 그를 만났는데요…… 나이가 들고 보니…… 그것은 피와 시간의 꿈이었다. 그러나 천국 생물들은 말했다. "바보. 온통 꿈이에요. 어디서 왔어요?" 인간은 사랑과 이별과 사랑과 이별과 사랑과 이별의 꿈에 대해 말했다. 그러나 천국 생물들은 말했다. "이곳은 꿈. 어디서 왔어요? 바보. 바보. 바보." 인간은…… 전쟁. 음향. 권태. 패배. 드라마. 그 외에 나머지는 우울한 꽃 무더기. '천사는 모두 어디로 가버린 걸까?' 그리고 인간은 꾸다 만 꿈을 마저 청하러 갔다.

검은 장벽

너는 장벽 앞에 서 있구나.
너는 무용수구나.
너는.

1

우리는 눈사람들.
우리는 구른다. 아니. 내리막에서 네가

나의 등을

밀었습니다. 네가 녹으면 나도 녹을게.
그렇게 말하지 마. 축축한
목소리가
흘러간다. 폭우였습니다. 잠겼습니다. 네가
익사했어요? 폭우에게 악의가 있겠습니까. 설마 폭우에게
마음이
존재하겠습니까. 골목을 걷던 아이가
돌을 쥐었습니다. 그냥
그게 예뻐 보였으니까. 젖은 돌인 줄도 모르고
손을 적시는 겁니다. 돌이 있던 자리에는
물자국.

—이제 집으로 돌아가셔야지요. 불 피운 벽난로와 갓 구운 빵이 기다리는 그곳으로.

우리는 눈사람들.
우리는 녹는 가면을 쓰고.

2

우리는 초대받지 못했다. 거대한 장벽 앞에서.

나는 나뭇가지 끝으로 착륙한 새.

너는 병든 새를 흉내내는구나. 너는 질병이구나. 우리는

더 멀어져. 더 아득하게.

눈사람 중 하나가 곧 녹을 것 같은데요.

3

계절성 폭우.
그리고 내리막.
아이는 돌을 손에 쥐어본다. 자신의 악력으로
돌이 어디까지 괴로워하는지 보려고.
그냥 그게 좋아 보였으니까.

저 사람 좀 봐.
파트너도 없이 춤추고 있어.
우리는 그 친구를 끌어와
함께 춤을 추면서.
있잖아. 놀이터에서
혼자 그네를 탈 때도 있는 거란다.
나 어릴 적
그네 타고 발을 구르며
멀리멀리
세상 모든 지평선을 보고 왔어. 그곳에는 높은 장벽과
그 안에 또다른 장벽과
장벽과 장벽, 장벽으로 둘러싸인 마을……
너무 멀다. 삶은 짧고
어느 곳을 가든
환영받지 못할 우리라서.

"우리는 나아가지 못할 거야.
사람들은 우리를 외곽에 버려둘 거야."

우리 유년은 이랬다네.
우리는 이렇게 자랐다네.
우리 몇몇은 과거를 잊었는데.
장벽 하나 넘지 못하는 우리들.

내년에는 내년의 눈사람이 생긴다.
미래에는 미래의 눈이 내리고.

너는 이미 녹아버렸다고 말한다.

매그놀리아 멜랑콜리아

취한 너는 주체 못하고 비틀거렸지.

넘어지니까 너의 몸과 그림자가 포개졌다. 나는 담배에 휘파람을 불며 담뱃불이 밝아졌다가 작아지는 것을 바라보았다. 네가 한참이나 누워 있어서 기절한 줄 알았다. 그림자와 포옹하는 시간이었고.

도로에 같이 뛰어들었다. 지나가는 차들이 경적을 울리며 핸들을 비틀었지. 너는 가드레일을 걷어차며 헤헤 웃었고. 여기저기서 욕설과 고함이 뒤섞였고. 나는 너를 따라 타이어를 걷어찼다. 너를 보며 너를 따라 웃었고. 운전자들이 하나둘씩 차에서 내릴 때.

아침에는 등을 두들겨주었다. 볼에 엉겨붙은 너의 머리카락을 떼어주었는데. 이러다 정말 다 쏟아내겠어. 네가 속을 게워내는데 실없이 웃어서. 화장실 창문으로 쏟아지는 햇빛 속에서 너는 종교가 되었다. 그래도 재미있었지? 그런데. 그런데 있잖아. 너는 위험한 꿈속으로부터 도망치는 생물체 같다.

와장창 소리가 났고

감기는 눈을 힘겹게 뜨면 네가 유리잔을 집어던지고 있었다. 가게 주인이 찾아왔고 너는 그의 멱살을 잡았지. 아무 말 없이 유리 조각들을 내가 치웠다. 나는 유리가 그렇게 투명하고 반짝이는 줄 몰랐어. 자꾸 졸린 눈으로 조각들을 가만히 보았다. 가장 날카로운 것을 골라 외투 안주머니에 넣어두었지.

전국 곳곳에 비.

비 내리는 날은 맑은 날보다 오래 기억에 남았다. 스피커에서 기타 리프가 반복적으로 쏟아졌고 옆집에서 문을 두드렸다. 뭐라는 거야. 진짜. 너는 알약을 잘게 부수며 무신경했다. 미러볼이 우리 얼굴에 무수한 반점을 만드는 동안.

베란다에서 시든 화분들이 뒤늦은 비를 맞고 있었다. 규칙적으로 나열된 화분들은 다시 살아나지 않았다. 강박증에 시달리는 이파리들.

필름 좀 말아줘……

이젠 나도 모르겠어. 꿈에서 방안 가득 목련이 피어 있는데 그들이 음악에 맞춰 머리를 흔들고 있었어. 몸에서 풀 냄새가 났고 나도 이러다 목련이 되어버리는 건 아닐까 생각하며 고개를 처박았어. 까르르 신경질적으로 웃더라고. 너도 네가 우습지? 너도 네가 우습지? 너도 네가 우습지?

꿈속의 꿈에서 투신하지 않고 멀쩡히 걸어나왔다.

너의 작은 손이 연거푸 내 뺨을 내리쳤다. 미쳤어? 굴다리 밑에서 나는 젖은 채로 침묵하였다. 진짜 죽으려고 한 거야? 나는 한 무리의 사람들이 손가락을 꺾으며 다가오는 것을 보았다. 이젠 나도 모르겠어……

밤에는 종종 서로에게 쏟아졌다. 이상해. 이상해. 네가 중얼거렸다. 이상해. 이상하고 이상해. 창밖에는 반달이 떠올랐고 이 밤과 대결하고 있었다. 분명 멈추고 싶은데. 멈추는 걸 멈출 수가 없어. 멈추는 걸 멈출 수가 없다는 생각을 멈출 수가 없어.

계단을 내려갈 때면 가끔 꽃 생각이 났다. 나는 내가 다 시들어버릴 줄 알았어.

바람이 불고 있어?

우리가 손을 마주잡고. 너는 왼발을 움직이며 헤헤 웃었지. 나는 너를 따라 오른발을 움직였다. 베란다에서 머리를 흔드는 이파리들. 나는 모형 마음을 만들고 싶었어. 그런데. 그런데 있잖아.

춤추는 이파리들. 너의 입에 대고 바람을 불면 믿음이 부풀었다가 작아지기를 반복하는데. 너는 위험한 꿈속으로부터 도망치는 꽃 무더기 같다. 심장 가까운 곳에서

유리 조각이 반짝이고.

겨울은 계속 나쁜 짓을

한겨울.
한겨울은 언제부터 시작되는 걸까.
언 풀이 부러지고
들짐승이 얼어죽는 곳.
모든 노래가 입김으로 얼어붙는 시간.

사랑에 실패할 때마다 어느 나무 앞에서 울었지.
물을 주지 않아도 될 만큼 울고 나자
나무가 벌목되고
공장에 들어가
끝내 종이가 되어 손에 들어오게 되었다.
그러자
편지를 적을 때마다 사랑에 실패하기 시작했다.

깊은 저녁인데도
마당에는 햇빛이 뒹굴었습니다.
그것을 맨손으로 뭉쳐
저멀리 던지곤 하였습니다.

펑,

하고 빛이 터지면

누군가가 그 빛 뭉치를 맞을 때도 있었습니다.

나를 위해 누굴 죽일 필요 없어.

나는 너의 흰 손이 무사했으면 좋겠어.

아쉬워. 이제 집에 갈 시간이야.

이 세상의 교육자라는 사람들은 모두

세상일에 대해 말하길 즐기고

세상 논리를 따지길 즐긴다.

다들 그만. 이제 집에 갈 시간이야.

사랑도 모르면서 사랑 노래를 부른다니요. 교육자들은 하나같이

자신이 얼마나 멋진 사랑을 경험했는지 늘어놓는다.

이제 정말 집에 갈 시간이야.

나와 친구들은

다락방으로 숨어들어

몸을 섞으며

이름 없는

우스꽝스러운

춤을

추기

시작했다.

해가 뜰 때까지만 너희와 함께할게.

다락방은 다락방만의 기후가 있어. 창밖으로 눈이 오면 어때.

바닥이 솟아오르고 천장이 꺼지는 곳이다.

과연 우리가 누군가에게 마음을 줄 수 있겠어?

잘하려고 하니까 오히려 더 망가지는 춤.

지금
이 노래 제목이 뭐지?

이상한 춤을 추는 우리가
이상한 사랑을 한다.

멀리서 보면 더 형편없지.

마당에 뒹구는 빛 뭉치를 집어던지면.

폭발하는
소리.

커튼 쳐.
해가 뜨려 해.

오늘의 겨울을 거부하면서.

"너와 나는 좋은 파트너가 될 거야." 이상한 너의 표정과

나에게 생기지 않는 이상한 마음.

너의 시선.
너의 웃음.
너의 말투.
너의 앉은 자세.
너의 눈이 담고 있던 이상한 형체.

나에게는 빛 더미뿐이었다.

잔디와 청보리의 세계

1

폐가 앞에서 춤을 추는 일. 한낮을 다 소모할 때까지 우리는 빛 속에서.

나는 굶주릴 계획이야.

생각하고 있다. 지난 휴가 때 빛나던 그의 손가락을 떠올리며.

바닷물이 닿으면 살갗이 저렸지.

반투명한 손톱. 내가 이렇게도 많은 주름을 가졌구나. 흰 옷이 검게 변할 때까지.

종소리가 들린다. 놀란 새들의 날갯짓.

2

보리밭이 녹색으로 흔들린다. 이곳은 사람이 살지 않는 곳인가봐요.

개를 조심하라는 표지판이 그를 겁먹게 만든다.

사람이 살지 않는 곳이니까. 나는 다른 망상 속에서 겁을 먹는다.

폐가의 문이 삐걱거리는데. 바람은 어디까지 무서워지려고.

누가 이곳에 종을 달아놓은 걸까.

손길 닿지 않은 보리들이
물결친다.
우리에겐 삐걱거리지 않는 창 하나가 필요했지.

3

그의 발을 움켜쥐고 나면 손가락이 왜 필요한지 알게 되었다.

그래서 그가 춤추는 모습을 사랑했다.

광장 정중앙에 놓인 무용수 조형물이 광장을 더 아름답게 만들었지. 위대한 토슈즈—마을 사람들은 무용수를 그렇게 불렀다.

낭만과 존경, 사랑을 투명하게 보여주려는 것처럼.

광장 외곽에는 외곽의 풍경이 있어. 아이들은 침을 길게 늘어뜨리며.

입가에 거품이 묻은 줄도 모르지.

그는 잔디밭에 서서 내게 손을

내밀었다. 나는 그의 손을 잡을 것이다. 하지만 알아야 해. 나는 종종 딴생각에 빠지곤 하니까. 나는 그가 부탁한 길고양이 밥을 잊은 적 있고

그의 영혼이 자유롭다는 사실을

잊기도 했으니까.

사람들은 내가 춤을 추면 나무토막처럼 보이지 않는다고 했다. 누군가는 시체 같지 않아서 보기 좋다고 했다.

그게 싫었던 거야.

나는 춤을 싫어하는데 사람들이 좋아한다는 것. 그게 나의 전부라는 듯이 말을 하는 게.

그러나 그와 함께 느린 속도로 발을 움직이며.

심박수는 심장의 춤. 산책자들은 광장의 혈액처럼. 그는 푸른 핏줄이 불거진 내 손목을 붙잡았지.

발목에 닿는 잔디가 간지러워 웃음이 조금 새어나와버렸다.

왜 웃느냐고 그가 물었을 때.

웃긴 일이 생각나서요.

무슨 일이 그렇게 웃긴데요?

개들이요. 이 드넓은 광장에 개를 끌고 오는 사람들이 많잖아요. 누구는 목줄을 묶지도 않고요. 대변을 치우지 않는 사람도 있어요. 그러다 털만 날리고 가는 거죠.

모두가 그렇진 않아요.

지금 우린 그곳에서 춤을 추는 거예요.

그는 어땠는지 모르겠으나 나는 언제까지나 굶주리고 싶었다.

그의 발을 움켜쥐면 버터 녹는 냄새가 났고 졸렸다.

잠기운에 혼곤한 내게 그가 말했다. "사람이 꿈이라는 걸 꾼다는 게 하나의 신비로 느껴져요. 나는 꿈을 꾸지 않는 물체 같아요." 그것은 그날의 마지막 목소리.

육체가 지쳐 잠들면 영혼은 피크닉을 떠난다.

개들은 잔디밭에 뛰어들고 싶다. 목줄에서 벗어나려고. 사람들이 우리를 구경한다.

우리는 어느 액자 속 초식동물 같다. 그가 원해서 손을 잡았고

목줄을 쥔 이들이 원해서 춤을 추었다. 하나는 사랑이고 다른 하나는 증오.

그러니까 조화이자 자살이고

무용수가 남기고 간 유산은 성공적이었으나 정작 그의 인생은 실패작이었다.

내가 원하는 것은 꿈이자 영혼이자 피크닉.

스텝에 밟힌 잔디가 다시 일어난다. 광장 바닥으로부터. 느린 속도로. 나는 잔디와 같은 마음이 없어서

무기력하게 쓰러지고 춤도 아닌 몸부림을 사랑했다.

철창 속 기린은 무슨 기분일까.

4

나는 전보다 더 큰 허기를 느끼며. 푸른 보리밭을 통째로 뽑아 끓인다면.

질주하는 개가 있었다. 입가에는 거품.

언젠가 이곳에서 잠든 적이 있었는지 견딜 수 없었다.

개 조심 표지판이 휘어져 있었다. 그는 지금과 같은 꿈에서 깨어나고 싶지 않다고 말한다.

지난 휴가에서 개에게 물려 죽은 아이가 나왔다니 그걸 늦게 알아버려서.

Queen of Cups

네 꼴을 좀 봐.
지루해질 때마다 손톱과 눈동자가
달의 모양을 모방하고 있다.
춤과 불과 절정에서
아름다워. 우리의 악몽 속에서 발레리나가
발끝을 세우고 있습니다. 종아리 근육을 풀었다가
당겼다가…… 뛰었습니다.
달빛은 우리 표정을 녹아내리게 만들었지요.
너는 조금 웃는다.
나는 조금 울고 있는데.
일회용 화약에
밤하늘이 조각난다.
그날 밤, 갈비뼈 안에 새 한 마리
기르고 싶었고 깃털을 가진 채로 우리는
그림자 위로 오차 없이 추락한다.
우매한 지식인처럼.
자애로운 여왕처럼.
"모두 무엇을 위해 나빠지는 걸까요."
"그들의 부모요. 자식이자 사랑이요."
의리만 남은 불한당처럼.
창문 밖에서 달이 타오르는데
거울 안에서 달이 얼어붙는다.
멍청이들을 기념하기 위해 잔을 부딪치자. 컵에는 알코

올과 손가락과

빛의 반사만 각인됩니다.

너는 조금 손톱을 뜯는다.

나는 조금 눈동자를 떨고 있는데.

여름이 지나간 숲을 걷던 어느 날이었다.

우리는 숲속 깊은 곳 나무 밑에

우리의 믿음을 매장하려 했다—선한 기억은 선한 마음의 토대가 된다……

꽃삽 들고 흙을 퍼낸 건 나였습니다.

—무슨 벌레가 이렇게 많아?

—빨리 끝내봐. 견딜 수 없을 정도로 습하고 더워.

—여기에도 이렇게 많은 애들이 살려고 기어나오고 있어.

—나는 땀에 절면 죽고 싶단 말야.

믿음은 잠시 뒤로 두고

구름무늬 돗자리를 펼쳤습니다.

그리고 매정하게 사랑을 나누었다.

모순을 좇는 머저리처럼.

맹목인 줄도 모르는 지지자처럼.

밤의 숲에는

밤의 달이 뜨고

밤의 숲에는

밤의 우리가 나빠지고 있었다. 믿음을 잘 버렸네요.

이렇게 가벼운 줄 몰랐어. 부러진 가지를 모아

불을 지폈고 나체로 춤을 추었고
절정이었을까?
아름다워. 숲속의 호수가
달을 비추고 있었습니다. 물결을 풀었다가
당겼다가…… 뛰어들었습니다.
우리 중 누구도 익사하지 않아요.
네 꼴을 좀 봐. 까르르 웃음을 터뜨렸지.
너는 조금 춤을 춘다.
나는 조금 불을 지켜보고 있는데.
우리는 이 세계의 멀리건.
너의 잔에 달이 떠 있어.
나의 잔에도 달이 떠 있구나.
우리는 그것을 들이켰다.
내부에서 울고 있는 새와 함께
도주하는 빛에 대하여 노래하였다.

가장 선호하는 관심사

이것은 백조입니다.

이것은 박제입니다. 이것은 식었습니다.

한쪽 귀 잘린 고양이가 빤히
남은 귀를 세우고 있습니다.
골목에서
오늘의 교향곡이 연주되고.
내가 인간이라 골목의 세계를 이해할 수 없다.
고양이는 나 보라는 듯
제 다리가 잘리도록 씹어댔다.
꿈속에서도
그 장면을 계속 바라보았다.

신이라고 여겨지는
아이는 인간의 그림자에 흥미를 갖지 않는다.

자전거를 타고 떠나요.
이것은 걸음마의 형식. 세상 모든 아이들은 앉은 채로 떠나고 싶다. 지평선 너머로 아이가 사라질 때. 그의 아버지가 문득 발에서 통증을 느끼기 시작할 때.

십 년 전의 백조가 춤을 추고 있다.

십 년 전의 탄환이 춤을 추고 있다.
십 년 전의 슬픔이.
십 년 전의 불안이.

슬픔이?

진심이니. 아들아.

아버지,
어제는 호수에서 백조를 보고 돌아왔습니다.
살아 있지 않은 백조요. 그런 장난감이
내가 받을 유산이라면
차라리 목을 맬래요.

맞아 그래 그래 그러자꾸나.

날개 잘린 백조가
복숭아뼈에 얼굴을 비비더군. 태어나게
해달라는 뜻이었습니까?

"그러나 이건 나의 취향이 아니었지." 아이의 거죽을 뒤집어쓴 신이 나를 보며……

림보

무덤을 파헤쳤고 죽은 토끼들이 달려나갔다.
종탑에서 아홉 번 종이 울렸다.
거리의 연인들은 집으로 돌아가며
비웃었고 험담했고 그러나 그들은 편집증에 시달릴 것이다.
더 많은 장작이 필요했다. 아직 더 많은 춤이 필요했고
음악을 만들었고
초대받지 못한 이들의 대화로 노랫말을 대신했다.
아직 썩지 않은 식재료를 들이부어
깡통 수프를 끓이고는, 자, 입을 벌려봐요……
잠든 사람의 가슴에 귀를 대며
"아무도 당신의 영혼을 들여다보지 않으면
당신 영혼이 존재한다고 말할 수 없지 않나요."
종탑에서 한 번 종이 울렸다.
죽은 토끼들이 달려나갔다. 무덤을 파헤쳤고
우리의 아이들이 살아나 심판대에 걸어올라갔다.
소수의 어른들이 그 과정을 지켜보았다.
부모들도 자리에 있었다. 그러나 신은 인간을 만들어놓고
먼저 죽지 않았다.

'전능하다 여기는 건 우리의 상상력이고, 아주 작은 확신으로, 하지만 솔직하게 모독하자면, 토끼가 우리에게 더 많은 도움을 주었을지도 모른다……'

참을 수 없는 꿈을 꿔요. 그래서

정답을 알았니. 어째서

동정했어요? 정말로

날 믿지 마. 정말이야. 나는 아무렇지 않았어.

창문 밖이 어둡다. 아직도

미래를 알 수 있어요? 그럴 수

있을까. 내가 너를. 내가 너에게. 무슨

노래를 불러줄까. 사랑과 의심과 불안과 넘어짐과 비명과 불면과 태연함과 거짓과 침묵과 회한과 함께. 왜 자꾸

모르겠다는 말만 반복하는 거니. 정말

신이 있어요? 계시를 믿어요? 사실

정답이라고 착각했어. 너를

정말로?

혼자 중얼거리면서

천사가.

망상 한계

쥐가 쥐의 죽음을 추모한다.
쥐가 쥐의 장례를 치른다.

쥐이기 때문에.

나의 영혼이 작아졌어요? 영혼을 여러 개 달고 태어나면

더 좋아요?

사람들은
나를 보면 활시위를 당긴다. 아마도
나의 영혼에 표적이 있다는 듯이.

당기고

쏘시면

내가 달릴 차례.

새끼 쥐의 찍찍 소리에
잠에서 깬 어느 새벽. 눈도 못 뜬 나의 영혼들.
지붕 밑에 사는 나의 가녀린 영혼들.
어미 쥐는 나의 영혼들을 핥아주었다. 내 새끼들, 배고프

지? 눈알이며 귓구멍이며
온몸 털이 다 젖을 때까지.
—엄마, 여기 쥐가 또 나왔어.
그리고 유년의 내가 나의 눈먼 영혼을 내리쳤다.
그만 좀…… 나오라고.
쥐새끼가.
어디서 자꾸.
나와.
더.
더.
더 나와봐. 진짜.

쥐가 달려가면 배가 침몰한다.
내가 달려가면 무엇이 망가져요?

새로운 입술을 그려놓고 도망가기로 작정한 모든 나날에게—내가 나를 용서하지 않겠습니다.
내리치고
또 내리쳐
동정을 구걸하겠습니다. 미워하지 말아요.

내가 나를 사랑하는 게
죄가 되는 나날을 버티며.

숨을 참는다. 나는 물 밖에서도.

미래 의자

안녕하세요. 선생님
아무것도 보이지 않아요.
밤이 무릎을 달고 기어오는 동안
거울에 나를 비춰보았습니다.
"너희는 혼란에 빠져 있는
형제 같구나. 눈과 코와 입과 손과 발, 그리고……"
옥수수밭이 은빛으로 물드는 계절이다.
인디언들이
은장도를 나의 뒷목에
깊숙이
밀어넣는 꿈.
그게 나의 탓인가요? 나는 꿈의 주인이지만
그들을 제어할 수 없습니다. 눈 가린 채로
의자를 그려보는 나날.
슬프다고 말하는 아이가 목제 의자를 그렸구나.
좀처럼 입 열지 않는 아이는 교실 의자를 그렸네.
제일 어린 아이는 좌식 의자를 그렸지만
너는 나의 무릎을 그렸어.
나는 그냥 안대를 쓰고 춤을 출게.
지금 나는 패배감에 사로잡혀 있습니다.
거울 속 나를 봐요. 온몸에 불이 붙어 있고
이런, 머리 쪽은 해골이 다 보이는군.
가젤 가면을 뒤집어쓸까요?

나는 자꾸 작은 춤을 춰요.

큰춤이라는 걸 춰본 적도 없으면서.

선생님.

파랑은 파랑. 천사는 천사—나는 인형에게 푸른 천사 따위의 이름을 붙여주지 않을 것이다.

내 몸이 타오르고 있어?

불붙은 장작 좀 던져줘. 기름을 뒤집어쓰고

죽은 어류의 살점을

하나씩 집어

입안에 쑤셔넣을 때마다

배가 부르다.

배부르구나 내가.

진심으로 감사한 시간.

아몬드에 초콜릿을 바르며.

달아요……

신세 좀 지겠습니다.

늦은 시간인데요.

좋은 밤 되세요. 선생님.

2부

이 구부러진 손가락에 작은 불씨를 주십시오

둘 천사

감정을 선동하는 날입니다.
제복을 정갈히 입으십시오. 각 잡힌 베레모 쓰고

신발끈을 챙기며.

고백하자면
때때로 나는 어둡고 축축한 새벽 속에 누워 있었다.

젖은 미궁이야. 징그럽다.

응. 징그럽지?
나는 겉옷으로 그애의 얼굴을 가려주었습니다. 오래오래 행복하게 살았겠습니까?
매일 밤 꿈에서 뛰쳐나옵니다. 반동과
엔진의 힘입니다. 우리 아버지는
국어 시간에 졸아서 글씨를 못 읽는대. 글자만 보면
귀신에 홀린 듯이 잠이 쏟아진다나. 안전모를 쓰면 뭐해. 안전 좋아, 그렇게 외치더니
비죽비죽 철근 위로
잠이 쏟아지고
졸린 몸도 쏟아진 거지.

개각을 단행하겠습니다. 실익이 없군요. 같이 발장단을

맞춰볼까? 많이 아픈가봐. 자꾸 신음하는 게 들려서 마음 아파. 다음 회의는 별관에서 진행됩니다. 그렇게 절약하더니 먼저 죽어버리고 말이야. 펄떡거리는 물고기 같은 것. 그래도 살고 싶었을 거야. 이번 연설은 여기서 마무리하겠습니다. 오늘의 콩트 끝. 박수, 박수.

바보 같다.
네? 명분이 없다니요. 치즈와 달걀,
설탕을 휘저어 케이크를 완성했습니다. 감정과 선동을
섞으며. 꿈과 현실을 섞으면서. 그런데도

명분이 없다니요.

무작위의 세계에서.
오래오래 행복하게.

정갈한 제복을 입고.

하나는 신발끈을 푼다.
하나는 목에 감고.

반동과 엔진의 힘으로.

징그러워?

양파 냄새가 나기 시작.

그러나 고요하고 거룩한

몇번째인지 알 수 없는 종소리가 들린다면. *온몸이 가려워서 견딜 수 없어.* 무대가 막을 내리자 폭죽이 터진다면.

이 밤이 잠든 너의 얼굴을 잠시 밝힌다면.

꿈에서 얼마나 가려웠으면. 너는 꿈에서도 춤을 추며 발가락을 접었다 펴고. *피 흘리며 깨어나는 걸까.*

첨탑이 무너지는 망상 속에서. *팔뚝에 꽃잎이 붉게 만개하고 있어.*

불 꺼진 간이역을 *불붙지 않은 성냥처럼* 누구도 지키지 않고. 이 밤의 마지막 열차가 도착하는데. *나의 손목은 멀쩡해.*

—너의 춤을 이해한다고…… 말해줄까?

우리의 무대는 이제야 막이 오르는데. *화났어?* 종소리와 폭죽이 교차하는 하늘 아래에서. *미안해. 우린 좀더 어려워졌으면 해.* 밤공기는 끝없이 춤을 추고.

무지개 때문에 자살을 생각한 소년 소녀들*

광장을 쏘다니며 노래하다가
찢어진 손등을 검은색 실로 꿰매주다가
뒷골목에서 무언가를 주워먹다가
그런 우리가 우스워
눈을 마주치곤 웃어버리는 것.
가끔 술을 얻어 마신다면
오늘 하루는 나쁘지 않은 하루.

좋은 밤이야.
내장이 튀어나올 때까지 취하고
내장이 튀어나올 때까지 구타당하다가
복부를 붙잡으며 깨어나는 것입니다.
두개골이 흔들려. 온몸의 혈액이 희석되는 기분.
빈속에 피워대니까……
춥고 어지럽다.

"다들 자신의 소년 소녀 시절을
우리에게서 발견하며 과거에 집착하더군요."

밤의 간이역은 잠을 노래하기에 좋고요.
더는 걸을 수 없을 때까지 헤매다 돌아오면
우리는 꿈의 열차를 기다렸습니다. 징그러운 여름.
피부에 기생하는 벌레들처럼. 지금 우리는

선로를 베고 누울 수 있게 되었습니다.
그런데 우리를 데려갈 열차가 오긴 하는 걸까요?

*

끝내야 해요. 누구도 궁금해하지 않죠.
그럴지도 모르겠어. 우리는 풍경화보다 더 아름다울 수 있다.
캠프의 마지막날, 우리는 연극을 보러 갔고
그들의 밝고 빛나는 눈을 보았지.
너는 그림자를 빛의 연극이라고 여겼어.
고대인들에게도 노래와 춤이 필요했겠지.
절반의 밤 시야에서
사람들 표정과 빛이 섞이자 구분할 수 없게 되었다.
안개 춤을 추며 빙글빙글 도는 시간.
우리 밤 비행을 나가요.
부드러운 불길이 환영하죠.
지평선이 보이나요?
당신의 그네를 밀어줄까요?
"슬프다고 말하면 사람들이 의심의 눈으로 쳐다봐요.
나는 이제 당신 앞에서만 슬플 예정이에요."
그 아이는 까치발 든 채로 눈을 감았고
나는 그 모습을 가만히 바라보았습니다.

그 아이 얼굴 위로
춤추는 사람들의 그림자가 아른거리고 있었습니다.
춤추는 슬픔을 보았습니다. 질주입니다.
드럼입니다. 심장입니다.
다른 사람들이 보면 우리와 그림자를 헷갈릴까요? 그럴 것 같네요.
캠프의 등불은 꺼지지 않고요.
나는 그 아이와 완전한 소음 속에서 입을 맞췄습니다.

*

뒷골목에서는 젖은 쥐 냄새가 난다. 그들은 납작한 빵을 찢어 먹는다.
소년은 그것을 *쥐 냄새가 나는 빵*이라고 생각한다.
소녀는 그것을 *빵 냄새가 나는 쥐*라고 생각한다.
그러나
질긴 가죽 씹듯 질겅거리는 소녀의 볼을 보았을 때
소년은 생각한다.
우리는 다음 세대에 쓸모없이 버려질 거야.
우리는 다음 세대를 함께하게 될 거야.

*

폐쇄된 호수에 앉아 발을 적시다가
아무도 돌 던지지 않는 거리에서 노래하다가
들판에 떨어진 과일로 허기를 채우다가
불을 피워놓고 노는 곳.
가끔 술을 얻어 마신다면
우리 도착지는 나쁘지 않은 곳.
분명 그런 곳일 텐데.

그 아이는 불의 그림자를 춤이라고 불렀습니다.
나는 그것이 마음에 들었어.

* Ntozake Shange, *For Colored Girls Who Have Considered Suicide/When the Rainbow Is Enuf.*

꿈의 체스

"서늘한 곳에서 기다려요.
우리 육체가 펄럭이는 깃발로 변할 때까지요." 맞아요. 육체란
영혼이 굳는 과정이야. 깨진 유리잔은 없고 오직 금간 물이 담겨 있어요.
슬픔의 낮은 슬픔의 밤과 같지 않습니다.
……*네 차례야.*
네가 고안한 밤을 들려줘.
한낮에 질주하던 야생마도
한밤에는 걷는 것이 조화롭습니다.
"귀인이 찾아올 테니 기꺼이 환영하시오."
궁전은 연회와 어울리지만 황금 홀은 춤입니다.
폭죽, 폭죽, 그리고 아카시아꿀입니다.
창문을 열어 우리의 기쁨을 전시하세요. 반짝이며
미끄러지는 분수입니다. 정원에는
규칙적인 꽃나무입니다.
와인병이에요. 여왕이 쓰러지고
깨집니다. 손님들에게 검붉은색을 소개했지요.
"트럼프 카드를 즐겨 하시오?
거기 내 어머니의 초상화가 있소."
……*이제 나의 차례다.*
이것이 내가 골몰한 낮이다.
제빵과 제과의 시대.

물과 곡식은 인간에게 권력을 가져다주었다. 점토로 우리를 빚었듯이

세계는 저 먼 빛으로부터 온다.

슈가 하이로 비극을 맞이하고 싶다. 그러나 인간은

볼품없는 피조물을 마구 반죽했다.

내가 천치와 같던 어느 나날,

나는 내 주변 모든 사람을 천치로 보기 시작했다.

"한 손에 사과, 다른 손에 칼을 쥐면

우리는 껍질에 대해 생각합니다."

그 아이는 나의 왕관을 쓴 채 날 묶습니다.

영혼이 육체를 벗어나지 못하니까. 지금 이 순간 이대로 영원히.

"또 올 테니 서늘한 곳에서 기다리세요." 그래서 나는 기다렸다.

펄럭이는 깃발이 죽은 도롱뇽으로 변할 때까지.

조물주도 자신이 창조한 슬픔에 갇힐 것이다.

그 아이는 내일 슬픈 날이 될 거라 예견했습니다.

아직 오지도 않았는데 나는 슬픔을 감추지 못했지.

백일몽

빛과 싸우는 날입니다. 어제도 밤은 예상보다 짧았습니다.
너는 꿈속에서 죽어갔지만 나는 아무것도 하지 않았지. 그냥 그렇게 죽었다. 안녕. 잘 가.
생물이 살아 움직이는 건 당연한데
죽어 있는 건 너무 이상하다. 죽어 있는 건 나쁘다. 왜 가만히 있는 거야……
너는 꿈속에서 계속 죽는다. 나는 한낮에 가만히
환한 곳에 누워보았습니다. 햇빛이 기울어지더니 나를 적시고 사라졌어요. 빛으로 이루어진 물결.
밀물과 썰물입니다. 죽은 그림자입니다. 일방적인 폭행입니다.
빛이 수 갈래로 자꾸 때리잖아요. 유리가 아닌 걸 알면서 얼음 따위를 부쉈어요.
나는 빛 아래에서도 녹지 않는다.
창밖에 나무 한 그루가 보인다는 건 내가 나무를 사랑하는 것처럼 보이게 만든다.
계속해서 가지는 부러지지. 너는 불을 지르고 사라졌습니다. 어느 날은 아무 생각 없이
칼날을 쓰다듬어보았어요. "네가 너무 날카로워서 내가 피 흘리고 있어."
그러나 고마워요. 나는 다 타버리고 재가 되었어. 나는 하늘에 가까워요.
눈부셔. 꿈속에 네가 보인다는 건 내가 너를 사랑하는 것

처럼 보이게 만든다…… 안녕.

잘 가. 한낮의 빛이

온몸을 물들이는 동안 나는 눈을 감는다.

너는 꿈속에서 죽었다. 네가 죽은 그곳에서

양 한 마리가 무릎 꿇고 기도하고 있었다. 나는 그것이 신이라고 생각했다.

인간은 왜 자꾸 사랑에 속아넘어가는 건가요? 그러나 볼품없는 신은

시든 풀을 질겅거리며 말했지.

그것이 인간의 존재 이유이기 때문이란다.

나쁜 피

날씨가 좋군요.
만월이 떠오르는 밤. 병든 아이들이 원을 돌며 춤추고
취한 채로 얼굴 붉히며 노래하는 친구들.

안녕.
오늘은 몇 명이 죽었고 밤 소풍은 즐겁니. 우리집 지하실엔 고깃덩어리가 쌓여 있고
포도주가 넘실거리니 놀러오렴. 목덜미에서 새벽 냄새 나는 친구가
달빛 속에 서서 흰 손을 내밀어주었지요.

—제대로 찔렀어?
—정확하게 했어.
—아직 꿈틀거리는데.
—아픈 꿈을 꾸고 있나봐.

사랑을 사랑하겠습니다.
아멘.

증오를 증오하겠습니다.
아멘.

해가 뜨기 전 돌아가는 친구들.

우리는 밤이 되어야 온전히 자유로운데
어둠은 자꾸 우리를 나쁘게 만든다.

당신은
모든 걸 살펴볼 수 있다는데
밤의 숲을 헤매는 우리가
너무 작고 어두워서
보이지 않는 건가요.

밤마다 숲은 소란스러워지기 시작한다.

불탄 쥐, 불탄 새, 불탄 들개, 불탄 돌과 모래……

쇼파르

아이에게 악기란
도구가 아니었다. 패션은 더욱 아니었다.
아이는 자라서 소년이 될까요?
소녀가 될까요? 글쎄.
"나는 음악가가 되려 했는데요."

1

울다 지쳐 쓰러질 수도 있겠지. 그런데 그게 음악이라니요.
어차피 관객들은 옥타브도 모를 테니
하는 시늉만 하라니요.

음악가와 악기는 서로
물고 뜯다가도 때가 되면
연인처럼 포옹을 이해하게 된다.

정말로?

밭을 가는 소.
나는 그들에게도 사랑이 있을 거라 생각했습니다.
소의 광상곡에 대한 아이디어를
살롱의 음악가들에게 전했을 때

그들은 대답했다. "아무도 그 곡을 이해하려 하지 않을 거예요."

주사위 두 개를 굴리고 비겼으면 좋겠다.
살롱의 음악가들은 박식해서 미래를 설계할 줄 알았다.
악보 위에서
불을 지피고 집 만들고
사랑과 함께 가족을 형성하다가
장벽으로 둘러싸인 마을까지 만드는 것입니다.
미래에
제외되는 건 나였습니까?
음표와 박자를 흩뿌려놓으면
모든 관객들이
귀를 자르고 싶을지도.

2

이것은 기타리스트와 기타에 대한 이야기.
그날은 유난히 이불이 차가워서
우리는 떨고만 있었지. 여섯 개의 언 발가락을 자르겠다던
너의 목소리. 기다란 목을 가지면
오랫동안 울 수 있다는 믿음.

너는 심장 소리가 비명을 증폭시킨다고 말하지만
나는 부러진 손톱을 물고 부리를 가지겠어.
소름은 마음이 떠난 흔적이라고
네가 그랬잖아. 너는 무엇을 튕겨내고 싶은 걸까.
네가 나와 반대 방향으로 잠드는 이유를 모르겠어.
너는 내 부리를 붙잡고 있는데……

증오하는 것—성역, 협의체, 귀족주의자.

퍼즐입니다. 머릿속이 깨져 있고
완성을 위해 핵심 조각을 찾아야겠지요.

수다쟁이는
저 먼 곳에 있고
만약 그가 온다면
두렵겠지. 일 파운드.

'왜 기타는 품안에서만 연주되는 걸까.'

3

천둥소리에 조각난 계절.

어떤 곡은 금간 마음이었다.

뿔나팔 소리에 안식이나 전쟁 따위를 연상하고 싶지 않았다.

매일 새벽.

텅 빈 도로.

깜빡이는 황색 불.

인적 없음.

가끔 혼자 걷는 노인.

똑바로 걸으려 애쓰는 취객.

나는 총성을 뿔나팔 소리로 착각하기로 하였다.

나는 포옹을 뿔나팔 소리로 착각하기로 하였다.

“규정과 계급에 공감하십시오.

진리를 깨달아 마음속 기쁨을 일으키십시오.”

불신하는 것—합리적인, 객관적인, 과학적인.

4

정신이 건전함.

그러나 준비가 없고 즉흥적이며 각오가 안 되어 있음.

당장 오늘밤부터 도움이 필요.

음악 총생산량에 이바지하겠습니다.
축하일과 속죄일에 부지런하겠습니다.

폐병과 패배에 익숙해질 것.

그러나 뿔나팔 소리.

호랑이 굴

채 썬 야채를
준비하세요. 그것을 씹어 삼키고요.
귀를 세웁니다. 이를 갉아두세요. 전쟁이 일어나지만 그
건 나의 생각과 반대죠.
장애물 뛰어넘기.
시작됩니다.
재량껏 넘거나 넘어지세요. 재량껏 허들을
철거하세요. 나는 재능 있어요. 나는 증명할 수 있어요.
돌멩이 두 개를
동시에 잠수시킬 줄 알고 나는 돌멩이보다 늦게 나와요.
먹은 물을 게우고, 연기 따위를 내뿜고, 욕설 같은 걸
퍼붓는 것입니다. 나는 나 자신을 지키려고 했어요.
그저 그게 잘 안 된 거예요. 어제의 동료는
끝내 돌아오지 않았다. 동료가 우릴
사랑했다고 누가 그랬더라. 그가 숨을 거둔 숲에서
우리는 얼굴을 적신다.

*

이상해.
이상해?
내가 여기 있는 걸 어떻게 알았어?
그야 매일 이 들판에 있으니까.

이 들판은 너무 넓잖아.

그래서?

너는 항상 내가 있는 곳으로 정확히 찾아오잖아. 나는 들판의 모든 곳을 가보지도 못했는데. 너는 끝도 없는 이곳에서 정확히 나를 찾아오고…… 도대체 어떻게 한 거야?

그리고 나는 그의 팔을 베고 누웠다. 그의 팔뚝에서
흙 냄새가 났고 그 사실을 그에게 말해주었다.
그는 숲에 다녀왔다고 했다.
지평선이 멀어진다.
안녕.
내막을 들려드리겠습니다.
그는 나무 사이로
그림자를 끌고 가는 핏덩이였다.
그는 눈이 멀더라도 흑점을 바라보는
순수였다. 북풍이 부는 밤에도
그는 걸작을 만들려 하는 종이와 펜이었다.
그는 최소의 분노였다.
장애물을 뛰어넘거나 넘어지는 동안
그는 깊은 굴속으로 떨어지며
오래 비행하는 사람이었다.

*

간이 숙소에서
채 썬 야채를 담은 그릇. 전통주가
발효되는 소리. 우리는 이를 갈고 귀 세운 채로.
일사병, 바보 같은 덫, 그런 얘기를 뒤로하고
그를 추모했다.

기도합시다—전쟁이 무엇이지? 경쟁은 무엇이지? 실패도 유전되는 걸까? 추락하는 토끼는 높이와 깊이를 어떻게 구분하는 거지? 왜 아무도 우리를 돕지 않아? 아멘.

탄포포

40만 평방미터의
밤 들판이라 했습니다. 바위에 올라탄 아이들이
돛을 펼치고 깃발을 꽂습니다. 배의 후미를

조심하세요.

—바람에 나부끼는 파도 좀 보세요.
그것은 갈대였습니다.

—무기력한 등대 좀 보세요.
그것은 나무였습니다.

흉곽이 노출된 채로 죽은
물새를 주워오면 손이 파랗게 젖어 있다.
아이들은 엉엉 울지. "군인이 되어야겠어요."
"저는 집행자가 될래요. 소중한 걸 살리고
반대하는 것들을 해하겠어요."

그리고 춘곤. 찰나의 잠.
꿈에서
낯선 이들에게 대접받았다. 꿈에서 깨면 그들이 사라질
거라는 걸 알고 있었다.
그래서 떠나실 건가요? 내가

떡잎부터 알아봤지. 우리는 사라질 거야. 우리는 사라질 거야. 우린 종말을
대비해야 할 거야.

……끈. 붕대. 선전용 문구. 지구인력. 주근깨 환자. 목적어. 무관심한. 여장. 의연하게. 미안, 그만 가봐야 해. 물새가 너무 많이 죽어 있었어. 그러나 너를 좋아해.

40만 평방미터의
들판에서, 밤하늘 전체에, 쏟아져버리도록, 사중주의 계절에서……

아이들은 소원을 빌었지. 두 손에 백지를 끼우고.

민들레는 탄포포.
양파는 어니언.

노란 태풍 속에서 흰 두개골…… 쏟아진다.

별무리. 아이들의 두 눈 속에서.

오뉴월

커튼은 찢어져 있습니다.
눈부셔. 문틈으로 날카로운 빛이 쏟아진다.
눈부셔. 피아노는 정원에 놓여 있습니다.
첼로 현은 모조리 끊어져 있고요.
이곳이 이토록 밝은 곳이었구나. 그러나 눈먼 마음.
나는 음향 없는 무대 위를 헤매며 죽어가겠지. 찢어진 커튼 사이로
햇빛이 잠든 그 아이를 비껴 지나갑니다. 그러나 너에게 주고 싶었어. 보다 밝은 무언가를. 한낮의 빛보다
환하고 졸린 꿈을. 환하고 졸린
꿈속에서.
……*나빠지기 좋은 시간이야.*
며칠째였을까.
장마가 쏟아지고 사방이 어두웠다. 우린 온통 그림자였어. 며칠째였을까.
낮과 밤을 구분하지 못했지. 잠에서 깰 때마다 늘 어둠 속이었는데 그것은
우리를 좀더 솔직하게 만들었지.
며칠째였을까.
남들보다 환한 춤을 추면서.
졸린 대화를 나누면서. 서로에게 꿈보다 더 꿈 같은 이야기를 들려주었다. 그건 하나의 숲이었고
여러 갈래의 빛이었어. 죽은 꽃밭이었을까.

자고 일어나면 잎이 한바탕 떨어져 있었다.

슬픈 알약.

슬픈 잔.

나의 슬픔을 멈추게 하는 것이 너를 슬프게 만든다. 네가 슬퍼해서 나는 또다시 슬퍼지잖아.

거대한 나무에 대한 이야기를 들려줄게. 너무 오랫동안 죽지 않은 나무.

수많은 꽃이 피고 죽는데 나무가 그 광경을 지켜보는 거야.

—신 얘기를 하는 거야?

—아니. 이건 우리에 대한 이야기야.

나뭇잎을 주워모아 모조리 삼킨다. 슬픔이 잦아든다. 슬픔이 잦아들면. 환하고

졸린 꿈속으로.

잠든다.

잇몸에 피 나도록 칫솔을 문지르는 내가 보인다. 잠든다.

설거지하다 그릇을 깨먹고 너에게 사과한다. 잠든다.

오늘 먹은 점심식사가 무엇이었는지 기억하지 못한다. 잠든다.

귀밑에서부터 쇄골까지 퉁퉁 부은 내가 너를 보며 웃는다. 너는 병원에 가자고 말하지만. 잠든다.

너는 나를 부둥켜안고 울고 있다. 아마 내가 죽으려나봐. 너는 나의 무게를 잊지 않으려고.

잠든다.

그러니까 우리는 견딜 수 없어서…… 피아노를 쳐도
멈추지 않는 불안. 거대한 나무가
잎을 떨어뜨리는 동안 현이 하나둘씩 끊기기 시작하잖아.
나무의 슬픔은 신의 슬픔. 아무도 관여하지 않고
아무에게도 관여하지 않는 슬픔.
하나의 슬픔으로 다른 슬픔을 멈추게 할 수 있다면.
……*나빠지기 좋지 않은 시간이야.*
그리고 잠에서 깨어난다.
어두워. 불 좀 켜봐.
벌써…… 해가 진 거야?
어두운 낮이야. 비가 쏟아지고 있어.
피아노가 전부 젖어버리겠어.
썩은 나무 냄새……
이토록 어두운 곳이었구나. 그러나 눈뜬 마음속에서.
너는 슬프지 않았다고 말한다.
—있잖아. 꿈에서 나뭇잎을 삼켰는데 그게 너무 좋았어. 우리의 티타임처럼.
그리고 춤춘다. 그림자와 우리를 헷갈리면서.
잠든다.

그리고 폭설이 내린다. 창문에 비친 나의
눈을 들여다보면
새가 날아간다. 민들레 씨앗이 입김에 날아간다. 유성우가 쏟아진다. 백색소음 속에서 추는 춤. 유리 건물. 난반사되는 빛. 엎질러버린 약상자. 끝없이 깜빡이는 전구. 낮과 밤 슬퍼서. 혼자 체스 말을 움직이며 패자가 되지 않는. "어떻게 해야 자신의 내면을 사랑할 수 있어?" 세로토닌. 졸피뎀. 사진 속 어린 나의
눈을 들여다보면
폭설이 내린다. "거울의 작동 원리를 알고 있어요?"

여름이 오면 우리는 나아지겠지 그런 믿음

언덕에서 부르는 노래. 우린 패잔병이 아니에요.

같이 노래할 수 있는 잔디는 충분했지. 양들이 떼 지어 몰려다녔고
뒹구는 꿈. 나는 너보다 작은 키를 가졌지만 우리 그림자가 나란히 누워 있었어.
너는 "슬프다는 게 슬프다" 중얼거렸지. 그리고 눈을 감았다.
—내 속눈썹, 보여? 바람에 떨리고 있어.
—꿈을 꾸고 있는 거야?
너는 날아갈 수 있다는 듯이 손목을 뻗었지.

그래…… 그날은 온통 구름 풍경이었고 한낮이었다.
수척한 얼굴로, 맨발로 가시밭을 걸으며, 슬픔 조각들을 맞추며, 녹슨 칼.
우리는 사랑과 함께 간다.
매 순간 춤을 추며 패배하자.
양떼와 함께 부유하는 구름 속에서.
그날 언덕에는
전투를 마친 소년병들이 금이 간 헬멧을 만지작거리고 있었지.
소년병들은 아군의 머릿수를 헤아리고 있었다.
누가 죽었을까.

비 젖은 개들은 죽은 자의 묘를 파헤치며 짖었다. 슬픔을 주체할 수 없다는 듯이.

추락하는 여객기.

발작을 사랑하는 것처럼.

덥지 않아 다행이야. 날씨가 좋아. 언덕에 누워 여름을 기다리며.

토르소. 우리는 짧은 옷을 입고. 손목이 가늘어지는 계절.

허깨비를 보고 있어. 양과 구름을 구분할 방법도 없이. 의지도 없이 우리는 감히 죽음을 이해한다.

격렬하고.

폭발하고.

—내 속눈썹은 어때? 바람 꿈을 꾸고 있어?

—같이 가자. 저기 저 멀리.

나란히 그림자. 뭉게구름 꿈.

방아쇠와 이어달리기

날아가는 포탄을 지나

이 광장을 걷습니다. 창백합니까? 손 내미세요.
여기, 우리의 기쁨입니다.

축하해. 살아남아서.
한번 웃어줘. 사람들이 너에게 미소를 보내잖아.
이건 널 위한 퍼레이드야.

축하해.

……어머니, 저는 우리 시대의 존중을
이해할 수 없습니다.

어머니,
눈먼 집시의 이상한 꿈이 있습니다.
이름 없는 해변에 붉은 튤립이
만개했습니다. 사람의 구멍마다 붉은 잎이 기어나와서.
나는 달렸습니다.
달리고
달리고
달리다가

갈대밭,

나는 그 리듬을 목격했습니다.

알아요. 우리는 현재 시대를 위한
종교재판중이지요.

복부에 인류애를 담아두세요.
용기를 주세요. 감히 제가 누굴 죽일 수
있겠어요?

저에게서 자비를 가져가시고 모든 지혜를 빌려주십시오.
이 구부러진 손가락에 작은 불씨를 주십시오.

캐치볼입니다. 내가 울면
어디까지 들려요? 부러진 악기처럼.
매일 밤 슬픈 얼굴로요.

칼로 도려낼게.
죽어.
죽어.
시끄러워. 곧 끝날 거야.
이제 죽으라니까.

축하해.

비 젖은 개들이 죽은 친구의 묘를 파헤친다.
나는 그게 누구의 묘였는지 떠올리지 못한다.

"귀하의 노고를 치하하며 은총을 빕니다."
나의 기쁨 속에서 아이들이 익사합니다. 그것은 오직 나의 희망.

……정말 지겨워.

재활

강은 죽은 자들의 영혼으로 흐르고 있다. 끝없이 꽃이 만개한 들판을 걸으며. 그 아이는 이곳이 천국 길이라고 말했지. 강물의 속도로 우리라는 인간이 떠내려간다. 그렇다고 영혼을 비웃은 건 아니야. 사이좋게 발목에서

피를 흘리며. 영원한 꽃 들판과 영혼들이 흘러가는 물줄기와 웃는 너와 널 닮은

나와

어떤 신비와 함께.

꿈 밖에서 너는 죽었어?

아름답고 두려워. 분명 그 아이는 미안하다고 말했다.

해마의 방

끝내 너는 마음이 작아져버려서. 안녕이라는 말이 아무렇지도 않아서. 죽은 사체들이 바다에서 강물로 거슬러오고. 차라리 뱀의 아가리에 머리를 들이미는 새. 새들은 거대한 음악극을 위해 숲을 만들고. 어느 연인은 둘이서 위험한 숨바꼭질을 하는데. 식칼은 끝까지 말이 없고. 관통하면 피부는 칼날을 이해하고. 그림자는 와르르 잠들고. 파도는 모래를 지우고. 해변에서 공을 잃어버리고. 버드 스트라이크. 그러나 대학살은 없고. 시체가 망각 속에서 잠들고. 애정은 망각 속으로 굴러가고. 찾아봐. 이번엔 네가 술래 역할을 하면. 방안에는 거울이 박살나 있고. 너는 너를 복제하고. 천사에게 영혼을 팔지 않아도. 어떻게. 어떻게 네가 나한테 이럴 수. 협주하던 무대를 잊고. 어제의 기후를 모조리 까먹은 백치의 마음을 이해하고. 모래에 글자를 쓰다가 충동적으로 지우고. 피부가 칼날을 이해한 사실을 잊고. 열탕에 얼굴을 처박은 채로. 어떻게. 익사하는 우리를 어떻게 잊을 수. 어느 꿈에서는 열차가 되고. 역과 역 사이를 왕복 운행하고. 너와 나 사이에서 유영하는 바다 생물. 나체로 어항 앞에 서 있다가. 가라앉는 것을

바라보다가

너의 얼굴은
칠각형

거울 깨져
반사하고.

도킹

빗나갔습니다. 대피하세요.

인생을 깨달았다고 착각하는 사춘기 소년처럼.

곧 폭발합니다.

나는 빗나간 포옹을 사랑해요.

열대야 속에서 온몸은 땀으로 젖었으나 아니, 그럴 리가 없어. 어느 꿈에서는 눈이 내린다.
맞아요. 우리는 환절기였습니다.

—네가 날 보길 기다렸어.

밤하늘이
우리를
내려다보던 날.

네가 내 목에 놓인
점들을 이으며
그것이
백조자리라고
말했을 때……

네가
영원에 대해
알고 있다고
말했을 때……

빗나갔습니다. 대피하세요. 너는 멀리 가버렸습니다.

폭발합니다. 내가.

도핑

불타는 몸이다……
취하지 않아도 외줄 타기입니다. 맨정신으로
반쯤 벗은 채 춤을 춥니다. 물 밖이면서도
물속에서 주먹질하는 기분이에요.
그런가요.
그렇군요. 이름 없는 몸짓이 나의 이름입니다.
마시고 피우고 삼키고. 나쁜 환각이
마음을 재구성한다. 눈뜨고
눈 베이는 시간. 당신을 기억하려 시작한 일인데
이제 당신 얼굴이 흐릿하다…… 아직은 피가 끓고
그래서 견딜 것입니다. 나쁜 환각을 밀어내며,
그러나 완전히 밀려나지 않기를 바라는 모순 속에서.
불타는 몸이다……
서랍장에서는 눈알 빠진 토끼 인형이
밤의 들판에 몸을 숨기려 달린다.
"무슨 위로의 말을 해야
내가 당신만큼 슬퍼 보일까요.
무슨 슬픔의 말을 해야
내가 당신의 슬픔에 동참하는 걸로 보일까요."
입안에는 혓바늘. 컨디션 최저.
나는 마네킹 목을 조르고 복부에
칼을 쑤셨습니다. 헤헤헤헤 마네킹이 웃더군요.
나도 같이 웃어줘야 했던 걸까요.

거울 속 나의 마음이
재구성되지 않는다. 꿈에서 당신은 들짐승과 함께
지친 얼굴을 숨기지 않고요.
이파리 덮으며
열매 주우며
썩은 고기 씹으며
동굴에서 들판에서 나무 위에서 절벽에서 강가에서 짐승
가죽에서 주술에서
깨어납니다.
—나를 버릴 셈이었어요?
—나는 날 닮은 마네킹을 죽이고 있었어요.
천사 곁을 지키는 개가
사랑과 욕심을 물고
질질 침흘리며 내게로 온다.
내가 당신만큼 아파 보일까요?
나는 어망에 걸린 물고기가 되어
물 없는 곳에서 죽어간다.
새 한 마리가 그 광경을 지켜보며 웃는다.
"악몽이 찾아올 것이다.
악몽이 찾아올 것이다……" 그런가요.
그렇군요. 새들은 나를 패잔병의 꿈으로 인도하였다.
친구가 죽었지만
동료가 죽었지만

마을에 도착하면 위로받는 소년병 무리.
나는 그들 사이에서 걸었다.
고맙다고. 잘했다고. 옳은 일을 한 거라고.
그러나 내가 죽인 건 나 자신이었다. 이제 나에게 영혼은 없어요.
단지 몸뚱이를 움직이며 음식을 삼켜요.
위험한 생각이다.
“패배가 예정되어 있으니
다음 소년병들은 우리처럼 되지 않길 바랍니다.”
장벽 너머
마을에서 축제가 열리고
연신 폭죽을 쏘아댄다. 처음에 소년병들은 총성인 줄 알았으나
폭죽이라는 걸 알고 이내 안도하였다.
“그런데 왜 그렇게 손을 벌벌 떨어요?
지금 귀 끝까지 떨고 있잖아요.”
주치의는 말한다. “상태가 호전되는 건 중요하지 않습니다.
중요한 건 상태가 호전되고 있다는 환자분의 믿음입니다.”
내가 받은 병의 이력에 당신 이름이 적혀 있지 않았다.
무서운 생각이다.
어느 꿈에서는
악인을 연기하는 배우가 되었다. 손금이 다 닳을 때까지

기도하는 신자가 되었다. 여러 명의 여자가 되었다. 죽은 남자가 되었다. 인간의 익사를 예고하는 물귀신이 되었다. 한겨울의 지표면이 되었다. 박각시나방이 되었다.

모두 빛을 쫓아가는 역할이다. 당신이 빛이 되어
도망치고 숨은 그곳에서도
당신 영혼은 주인을 버리고 나와 함께 있었다.
한때는 번화가 한복판에서
반쯤 벗은 채로 춤을 춘 적도 있었지.
어떤 노인은
지폐 몇 장을 모금함에 넣더니
갑자기 울음을 쏟아냈다.
갑자기 춤을 멈춰야 했다.
갑자기 겁먹은 구경꾼들이 사라졌다.
갑자기 노인은 고해성사를 하더니
자신을 용서해주겠냐고 물었다.
"성당에 나체로 들어가세요. 아무도 찌르지 않는다면
신이 그대를 용서한 거지."
어느 미래에서
당신은 늙고 늙어 나와 함께 우리 아이들을 기르고
나를 보며 웃음을 연습한다.
그리고 자주 무기력.
우리는 죽음만 준비하면 되겠어.
천사에게 색채가 있다면 아마 핏빛일 것이다.

달나라에 멸종 위기종이 있고
별나라의 행상인이 별 하나씩 매매하고 있다.
검은 가로등에 불 들어오고
그 밑에서 쪼그린 채로 덜덜 떠는 사람.
신전이 세워진다. 횃불 네 개가 그곳을 밝힌다.
제단에서 모든 미래가 예측되었지만
나에 대한 점괘는 나오지 않는다.
도축된 미래에서 비린내가 나. 그런가요.
그렇군요. 이게 몇번째
나쁜 환각인지 모른다.
불타는 몸이다……
그리고
그리고
첫번째 현실입니다.
당신은 흙을 뒤집어쓴 채로
울고 있었습니다. 나는 피 뒤집어쓰고
헤헤헤헤 웃었지요. 도망가거나 숨었어야 했는데.
우리는 그저 반복한 거야.
다음 세대의 아이들도 우리처럼 반복하게 될 거야.
당신과 나는 맨정신으로 춤을 추다가 춤을 추다가
춤을 추다가.

pleasedontleavemealone

어떤 이들은 밤과 가까워져야 합니다.
멍청한 얼굴을 하고 웃는 척하세요. 입을 가렸나요? 그 아이는 호수가 되려고
발을 적셨어요.
그 아이의 목소리는 너무나 늙은 듯이 들렸습니다.
그 아이의 두 눈은 침묵하는 물을 바라봤습니다.
그 아이는 모든 빛을 되감아야 한다고 느꼈습니다. 현재의 그 아이가
나의 기억과 다를 거라는 망상은 나를 두렵게 만든다…… 그러나 어제 본 달의 얼굴은
내일 볼 달과 같은 얼굴. 우리의 마지막 증오는
아직까지도 춤추고, 춤추고, 부러집니다.
나와 함께 기억으로 돌아갈래요?
모든 종(種)이 겨울밤을 대비해야 할 것입니다.
자정에 맞춰 천둥소리가 들릴 것입니다.
안도하세요. 아침에는 종 대신 꽃을 흔들고
잠에서 깨면 애인이 잠들어 있을 것입니다.
연인이란
박살나기 전까지 서로의 두 눈에 환상을 부어넣는 것,
그렇지요?
서로가 서로에게 빛이 되던 나날.
잘 지내니.
그러나

어떤 이들은 밤과 가까워져야 합니다.

함께 걷지 못한다면 차라리 서쪽 방향으로 빛을 그려줘.

호수를 지울게. 호수를 지우고 체념하는 건 네가 아니라

오직 나였어. 광장에 홀로 선 첨탑처럼 견디세요. 길고양이는 검은 모래처럼 쓰러져서.

마네킹은 밤의 해변처럼 불면을 겪어서. 폭죽은 연인에게 태어나서.

잠깐 불을 켜줘.

한낮에 연인의 시체가 누워 있고. 그러나 사라져. 빛의 퇴장 시간을 기억해? 눈치보지 말고

빛 속에서 죽어 있어줘.

내가 걷는 밤길이 얼마나 투명한지에 대해 몰두하지 말아요. 너는 너무 많은 낮을 허비했니. 나는 너무 많은

밤을 허비했다. 광장에 첨탑이 홀로 서 있고

잔디는 발목과 춤을 춥니다.

춤을 추고 춤을 추고

증오는 부러집니다. 그러나 잔디는 구름이 되려고 몸을 적셨어요.

서로가 서로에게 어둠이 되는 나날.

그러나 그 아이의 목소리는 너무나 늙은 듯이 들렸습니다. "어떤 이들은 밤과 가까워져야 합니다……"

밤하늘의 달이 호수에 비친 달과 다를 거라는 망상은 호수를 두렵게 만든다.

발목이 부러지는 것도 나쁘지 않습니다.
잔디와 춤추지 못할 바에는요.

연대기

작은 돌 안에서

행복이

고요히 떨고 있다. 나는 작은 돌을 쥐어보았다. 행복이 주먹 안에서 떨었다. 젖은 손으로 작은 돌을 쥐면 나만 젖었다. 슬픔을

이해한다는 건

우스운 일이야. 나는 웃으면서 우는 법을 익히기 시작했다. 광대 탈을 쓰고 나 혼자 모호해진다. 왼손은 작은 돌, 오른손은 빈손을 쥐면서. 어느 것을 고르시겠어요? 사람들은 작은 돌을 찾아내는 데에 능숙했다. 작은 돌은 누군가의 얼굴처럼 보이는데. 지금 이 돌이 웃고 있는 걸로 보이나요.

아니면

울고 있는 걸로 보이나요. 누가 작은 돌 안에다가 행복이라는 것을 심어놓았을까. 작은 돌은 기록적인 폭염이며 어느 날의 홍수, 물속에서 춤추던 시간을 기억하고 있다.

우울한 돌이군요.

누구도 작은 돌에게 이름을 허용하지 않았다. 작은 돌은 자신의 몸이

더 작아지는

꿈을

꾼다.

흘러가도 되겠습니까. 두 발도 없이 멀리 떠나도 되는 것입니까. 함께 울어달라는 부탁이었다. 물속에서 눈물은 무

슨 의미일까. 꿈속에서 꿈은 무슨 의미이지? 작은 돌이 간직하고 있는

마지막 기억—“어느 겨울날, 물고기와 함께 겨울잠에 들고 나의 내부에서 요동치는 것이 있었습니다.” 그러나 작은 돌은

더이상 그렇게 할 수 없다.

몇 개의 작은 상처들*

찔렀어.
내가 나를.
네가 너를.
우리가 해낸 것들을 봐.
기뻐. 우리의 작품이다.
결연해졌어.
가만히 보다가.
나를 찌른 나를.
너를 찌른 너를.
속을 게워내고 나니
개수대가 막혔다.
한심하다고요? 잘 안 들려요.
나는 물때 낀 변기를 닦고
타일 사이사이를 폐칫솔로 문지르고……
나와 다른 출혈로 너는 가만히 있는다.
우리 작품을 완성하려고.
찔렀어.
네가 흘린 체리코크 몇 방울이
핏방울과 몸을 섞고 있다.
문지르면
흰 거품이 일어나고.
우리는 각자의 변명으로 숨이 벅차다.
누군가는 침대보를 갈아야 하는데.

* Frida Kahlo, 〈A Few Small Nips〉.

캠프

축하해.
같이 기뻐하자.

양초와 나무의 전야제요
파티와 온기의 평온함 같은 거요.

어느 꿈에서 나는
양 한 마리가 되어 울었습니다.

천사를 믿나요?
여름은 겨울의 반대라지만 그건 꿈의 일이 아니죠.

그리고 그 아이와 꿈에서 만나기로 했다.

—얼마나 이상해요?
—귀가 제대로 붙어 있어요.
—털은 부드러워 보이고요?
—완벽해요.

사과나무 아래에서
서로의 털을 골라줄 때마다 열매가 맺고
어디선가 토마토가
툭

툭
떨어졌다.

인간이었다면
그것들을 모두 썰어
설탕을 뿌려 씹었을 텐데.

지평선이 타오르고 있습니까?
반지의 테두리가 빛나고 있습니까?

문밖에는 순한 짐승들이 전야제를 즐기고 있습니다. 한 마리의 양이 할 수 있는 일이란
우는 것이 전부입니다.

화염이 달의 테두리를 감싸고 있습니다. 양초가 타오르고
불의 그림자가 흐느끼고 있잖아요.

달은 너의 모든 밤을 훔쳐보았겠지.

꿈과 밤의 영역에서.

우리의 나룻배를 보세요. 구름 속에서 흩어지는 물안개를 보세요.

자, 들어봐요. 꿈속에서 울어대는 순한 짐승들의 울음을.

축하해.
같이 기뻐하자.

어느 꿈에서 나는 털 짐승에게 물어뜯기고 있었습니다.
아프지 않았습니다. 너도 나와 같은 인간이겠구나.
꿈 밖에서 만나면 마구 웃어대겠지요.

꿈을 믿나요?
죽음은 삶의 반대라지만 그건 천사의 일이 아니죠.

블루. 나 혼자 쏟아집니다.

절벽까지 여섯 발자국

"나는 좋은 어른이 될 거예요.
나와 친하지 않은 이들도 도울 줄 아는 그런 어른이요."
아이는 말했습니다.
어떤 이가 사랑에 재능이 없어 죄짓고
어떤 이가 결심에 재능이 없어 죄짓고
수용소는 실패자들로 인산인해를 이루었습니다.
상속할 수 있는 재능에 대해 말해보아요.
목검을 든 소년들이 자경단을 결성했다.
말을 끊임없이 하는 재담꾼이 소문을 만들어냈다.
도도하게 걸을 줄 아는 학생들이 사람들에게 오늘의 소식을 전했다.
어제를 망각하는 데에 재능 있는 주정뱅이는
평소처럼 어느 주점이었다. 그는 술을 들이켤 때마다
가슴 어딘가에 일어나는 파문을 느꼈고
그래서 취한 채 중얼거렸다. 우리 영혼은 우리 가슴에 있다고……
호의를 베풀어보아요. 종탑에 올라서면
거대한 종이 목을 매달고 있습니다.
수도사들은 정각마다 종 울리는 것을
잊지 않습니다. 너는 종소리가 팽창한다고 말합니다.
놀란 새떼는 날아오르고
일제히 숲이 흔들리는데요. 나는 숲이 팽창한다고
말하는 것입니다. "우리는 누구에게도 해가 되지 않았지만

왜 서로를 찌르고 할퀴어야 했을까." 태연하게
밀밭을 걸으며 저렇게 흔들려도 되는 걸까, 누가 흔들고 갔기에 아직도 흔들리는 걸까, 알 수 없는 생각 속에서.
면목 없습니다.
나도 좀더 나은 내가 되고 싶었어.
추운 도시에서 백설탕을 쌓아놓고
너와 함께 차 한 잔 마시며 지낼 줄 알았어.
상상한다. 우리가 백 년 후에 태어난 무용수라면……
상상한다. 우리 마음이 누군가 만지작거리는 마작 패라면……
어울립니다. 패와 패가.
한 사람과 한 사람이.
춤과 춤이.
발과 발이.
양초와 성냥이.
불꽃의 일종입니다. 분리되지 않습니다. 이 마음과 저 마음이.
표적이 사라진 어느 날.
평온하고 무사한 시간이군요. 오늘은 우리가 안전하니까
누군가는 피를 흘리겠지. 오늘은 우리가 미치지 않으니까
누군가는 무기가 되어 연인을 찌르겠지.
잠든 너 모르게 알약을 삼킨 이유가 너 때문은 아니었다.
탈진할 때까지 울었다는 꿈 이야기를 하지 않은 건

너를 믿지 못해서가 아니었다. 같이 떠나요.
뱃노래 부르며 노 젓고
저 멀리.
저 멀리.
더 멀리.
학교로부터 도망치는 아이들과 함께. 집으로부터 멀어지는 아이들과 함께. 새우등 하고 잠드는 아이들과 함께. 잠들지 않고 악몽을 맞이하는 아이들과 함께. 허가받지 못한 아이들과 함께. 체념한 아이들과 함께. 녹은 몸을 끌며 걷는 아이들과 함께. 구겨진 셔츠를 입은 아이들과 함께.
도착한 곳이 어디든 전쟁터. 우리 머리 위에서
큰 캥거루가 뛰어다니겠지. 망가질 때까지 렌터카를 타고
뒤꿈치로 쿵쿵 대시보드를 내리찍으며 떠나고 싶다. 네.
계속 운전대를 잡아주세요. 네. 그렇게 계속하세요. 어디로.
어디로?
글쎄. 그들도 언젠가 아이였을 거니까. 어렸을 때 남들을 도우며 살겠다는
포부를 가지고 있었을 거야. 시간이 그들을 형편없게 만들었다고. 그렇게 믿자. 그렇게 믿어야
우리는 우리의 아이들에게 무언가 들려줄 수 있다.
오늘은 우리가 싸우지 않으니까
누군가는 싸워야 하겠지. 비명이 멎고 나면

찾아오는 고요가 싫지? 무너지는 참호에서
두 소년병은 자신들의 미래를 직감한다.
“이제 틀렸어.”
“기다려봐. 다른 방안이 있을지도 몰라.”
갑작스러운 총성이
그들의 영혼에 파문을 일으킨다. 총소리가 팽창한다.
나뭇가지에서 쉬던 새떼가 휴식을 중지하고
날아오른다. 숲이 팽창한다…… 한 소년병은
입이 찢어져라 미소 지었다. ‘지금 우린 모든 걸 망쳐버렸고 믿기지 않지만 너도 지금 이 상황을 이해하고 있지?’
다른 소년병도 그를 따라 크게 미소 지었다. 그저 아무 의미 없는 미소였다.
그들의 손동작은 능숙했다. 뭉툭한 총알을 밀어넣으며
하나씩.
하나씩.
잠깐, 귀기울여봐.
오고 있어?
가까이에 있어.
나는 아무것도 안 들리는데.
쉿. 우릴 찾고 있는 것 같아.
어떡할까?
그러게. 어떡하지?
한 소년병은

총구를 본인 머리로 돌렸다.

그리고 다른 소년병을 보며 고개를 끄덕였다. '내가 뭘 하려고 하는지 알지? 믿기지 않지만 너도 함께하는 편이 좋을 거야.'

다른 소년병도 그를 향해 고개를 끄덕였다. 그저 공포로 인한 끄덕임이었다.

"우리 아버지는 거기서 방아쇠를 당기지 못했대요.

대신 마을로 돌아가 동료의 영웅적인 희생 이야기를 꾸며내었죠."

소년병의 영혼이 빛을 끌어안고 너를 맴돌고 있으리라……

"저는 겁쟁이의 자식이에요."

그의 영혼과 공중에서 발동작을 함께 하리라……

그거 아름다워요.

알 수 없다. 아무것도 알 수 없음, 판단하지 않음, 솔직함. 이것이 나의 재능이라면.

도망갈게요.

도망간다니까요?

사실 어디로 가든 그들이 알게 될 거라는 걸 알고 있었다.

"호외요! 호외!"

그리고 내가 다시 돌아올 거라는 것도.

학생들이 뿌리고 간 신문에는

전쟁 경과에 대한 소식이 실려 있었습니다—용기에 재능

있는 소년병을 모집하고 있습니다.
경주마 같구나.
내 눈을 닮은 아이들에게.
내 눈에 담은 아이들에게.
자신을 잘 돌보자꾸나. 몸 건강 마음 건강 잘 챙겨야 한단다.
나무에게도 알약이 효능 있을까? 바람소리에
소문이 돌아다니는 곳. 숲에서 가족과 친구들이 시들면
살아남은 나무는 누가 치료해주나.
감시자는 누가 감시하나.
부질없는 싸움. 서로가 서로의 손을 잡고.
상상한다. 우리가 백 년 전에 태어난 무용수라면……
상상한다. 우리가 만지는 마작 패가 누군가의 마음이라면……
서로가 서로의 손을 잡고.
그러게요. 어울리지 않는 춤입니다.
그냥 우리를 놔둬요. 할말은 이게 전부입니다.
나라의 녹을 먹고 자라 미안합니다.
서로가 서로의 손을 잡고.
반려견은 나의 친구. 우리는 마음껏 배를 보여주었다.
서로가 서로의 손을 잡고.
서로가 서로의 손을 잡고.
밀밭이 저렇게 흔들려도 되는 걸까……

너는 바람개비를 불었지.
그게 우리가 가진 유일한 힘이었다.
서로가 서로의 손을 잡고.

트램펄린

광장에서 두 여자가
춤을 추고 있었다. 구경하던 아이가
곁으로 와서 그들의 춤을
따라 췄다. 눈을 감은 채
발을 움직였고 발동작이 온순해서
기절하는 일이 없었다.

한 남자는 자리에서 일어나
걸음을 옮겼다. 남자는 숲속을
가로지르며 춤추는 아이를 떠올리고
있었다. 빛이 들지 않는
작은 숲이었다. 숲이 끝나자 남자는
더이상 춤에 대해 떠올리지 않았다. 작은 숲에는
덤불을 뛰어넘는 사슴들이 많았다.

발문

완전한 불완전

윤의섭(시인)

1. 꿈꾸는 시인

양안다의 다섯번째 시집『천사를 거부하는 우울한 연인에게』에는 꿈 얘기가 많이 나옵니다. 흔히 꿈은 무의식의 표출이라고 말합니다. 그리고 무의식에는 욕망도 담겨 있지요. 꿈을 욕망의 기호라고 생각해보겠습니다. 꿈이 시로 쓰였다는 것은 꿈이 언어화된 것이기 때문입니다. 그러니까 시집에 등장하는 꿈은 시인이 욕망하는 것들을 보여주는 어떤 기호입니다. 이 기호의 기의는 무엇인지 불분명합니다. 꿈이라는 기호를 해석하고자 할 때 그것이 상징하는 것이 확정적이지 않고 유동적이라는 얘기입니다. 기호의 기의는 여러 개가 될 수 있습니다. '태양'만 해도 하늘에 있는 태양부터 왕, 열정, 신 등등 여러 기의가 있는 것처럼 말이죠. 그런데 시집 속의 꿈은 어떤 기의와도 부합되지 못한 채 불완전한 상태의 기호로 제시되고 있습니다. 때문에 시인의 욕망도 무정형일 수밖에 없습니다.

당신은 내가 외면한 슬픔의 총체인 걸까.
우리는 아름다운 종류의 괴물을 천사라고 부르기로 합의했는데.
우리가 영원히 깨어날 수 없다는 말에 동의해줘.
이곳에서 기절하지 않을 거야.
우리는 좋은 부부가 될 거야. 우리는 좋은 부모가 되지 못할 거야.

—「천사를 거부하는 우울한 연인에게」 부분

당신은 "슬픔의 총체"입니다. 당신은 아름답지만 슬픔의 총체이므로 괴물입니다. 아름다운 괴물을 "천사"라고 부르기로 합의했으므로 당신은 천사입니다. 괴물인 천사와 내가 "영원히 깨어날 수 없다"는 데에 동의를 구합니다. 꿈속에 있는 이상 기절할 일은 없을 것입니다. 꿈속에서 괴물인 천사와 나는 "좋은 부부"가 될 수 있지만 "좋은 부모"는 되지 못할 거라고 합니다. 화자 '나'의 심리 상태는 흔들리고 있습니다. 불확정적입니다. 한편 "나는 이분법을 다 버렸다. 애정과 증오가,/사랑과 살의가 하나의 마음이라는 걸 이해하기까지"(「퇴원」)라고 시인은 말합니다. "이분법"은 확정적인 것이지만 "사랑과 살의가 하나의 마음"이 된다는 것은 사실 혼돈이자 비결정적인 상태에 처해졌음을 의미합니다.

그런데 이번 시집에서 이 꿈-욕망이 보여주는 무정형의, 불완전한 상태가 어떤 의미를 갖는지 알아보는 것은 매우 중요하다고 생각합니다. 시인이 시를 통해 보여주는 꿈 얘기는 현실 이면의 또다른 현실인데, 아무래도 그 꿈을 (현실로 끌어들이지는 않고) 그곳에서 현실화하려는 의지를 갖고 있는 것 같습니다.

이 얘기는 조금 뒤에 다시 하겠습니다. 이번 시집의 다른 특징들도 살펴보아야 하거든요. 이러다보니 이 글은 해설에 가까운 발문이 될 듯합니다. 발문의 관점에서는 이 시집에 나타난 특이점을 짚어보고자 합니다. 해설의 관점에서는 그 특이점의 구조나 원리를 찾아보고자 합니다.

2. 다성성의 오케스트라

이번 시집의 어떤 시들은 읽다보면 영화를 보는 듯한 느낌이 듭니다. 서사가 뚜렷이 나타나는 영화가 아니라 장면과 장면이 이접되면서 몽타주 기법으로 전개되는 그런 영화 말입니다. 그런데 시들을 자세히 들여다보면 대화가 많습니다. 물론 화자 '나'가 혼자 상대에게 말하는 형식이 서로 말을 주고받는 형식보다 많습니다. 그건 시가 기본적으로 일인칭이기 때문에 그럴 것입니다. 이렇게 시의 주체가 말을 하는 것을 발화라고 하겠습니다. 이 발화의 방식이 몽타주 영화처럼 다양한 스펙트럼을 느끼게 해주는 원인으로 보입니다. 그리고 발화의 다양한 색깔과 방향성 때문에 어떤 시들은 눈으로 오케스트라 연주를 듣는 것과 같은 효과를 일으킵니다.

그러나 새들은
바보, 천국은 그런 게 아니지, 한다.

그래요. 신이 선하거나 악하거나 하는 기준은 인간이 만든 것이지요.

나는 그를 무척 어리다고 여겼어요.

시작되는 연인들은 응답을 기다리고 있다. 그가 영원한 아이인 줄도 모르고.

(……)

그것이 유치해서.

신은 새 모래성을 쌓으려 또 부수기에.

어느 쪽이 더 선명하게 보이나요.
앞에 뭐라고 쓰여 있나요.
푸주칼로 마구 내리친 천국인가요?
아니면 반듯하게?

어느 쪽이?

그것은 나의 무기다.
그것은 나의 목련이다.

그것은 나의 퍼레이드고
그것은 나의 졸피뎀이다.

아이는 발목에 닿는 물기를 느낀다. 문득 해변의 모양을 바라본다. 바닷물이 아이의 발목을 적신다.

—「첫 안경을 쓰는 아이들을 위해」 부분

인용한 부분을 기준으로 2연, 3연은 새가 말하고 있는 것으로 보입니다. 그런데 1연과 4연의 발화 주체는 모호합니다. 새들이 말하는 부분은 "요"라는 어미로 끝나는데 1연은 "한다"라고, 4연은 "기다리고 있다"라고 하므로 새의 말이 아닌 또다른 누군가의 진술로 보입니다. 그렇다고 해서 "나"의 발화로 보기도 어렵습니다. 왜냐하면 시에서 "나"의 발화는 기울임으로 구분되어 있기 때문입니다. 이 불분명한 주체의 발화는 "신은 새 모래성을 쌓으려 또 부수기에"까지 이어집니다. 추측건대 이 부분의 발화 주체는 "나"를 앞세워 시를 쓰고 있는 시인인 것으로 보입니다. 이 부분은 "아니면 반듯하게?"까지 이어진 새의 발화 다음 "어느 쪽이?"에서 다시 나타나고 "나"의 발화인 기울임 부분을 지나 맨 마지막 연에서 또 나옵니다. 이 발화는 메타적으로 볼 때 "나"의 전 단계에 있는 시인의 의식을 문장화한 것으로 보입니다. 그런데 한 가지 주목해야 할 것은 "나"의 발화로 보이는 기울임 부분도 실제 새에게 건네는 말이 아니라 생각을 표현한 것이라는 점입니다. 시인의 생각이 발화된 부분과 "나"의 생각이 발화된 부분은 입 밖으로 표출되지 않고 있다는 공통점을 지닙니다. 하지만 "나"의 발화는 (듣지는 못하지만) 새를 청자로 하고 있고 시인의 발화는 독자를 청자로 하고 있습니다. 두 발화의 방향성이 다른 것이지요. 그것은 어조의 차이에서도 느낄 수 있습니다. 이 세 가지 발화는 독자가 시를 읽는 과정에서 다성성의 오케스트라 화음을 느끼게 하는 것 같습니다.

이번 시집 속 인물들은 주로 나, 너(또는 당신), 우리, 아이입니다. 시인의 지휘에 따라 화자 "나"가 "너"에게 발화하다가 "우리"를 대상으로 시인의 관점에서 발화하기도 하고 '아이'를 가리키며 발화하기도 합니다.

> 내가 천치와 같던 어느 나날,
> 나는 내 주변 모든 사람을 천치로 보기 시작했다.
> "한 손에 사과, 다른 손에 칼을 쥐면
> 우리는 껍질에 대해 생각합니다."
> 그 아이는 나의 왕관을 쓴 채 날 묶습니다.
>
> —「꿈의 체스」 부분

이 시도 마찬가지로 발화의 다양성을 보여주고 있습니다. 특히 이 시에서는 "그 아이는 나의 왕관을 쓴 채 날 묶습니다"가 눈에 띕니다. "나"의 발화인 전반부는 "했다"라는 어미로 끝나는데 마지막에서는 "습니다"라는 어미로 끝나고 있습니다. "나"의 발화 부분은 독백이고 마지막 발화 부분은 독자에게 하는 말이라는 걸 알 수 있습니다. 그러니까 시인은 일관된 주체를 통해 일관된 방향으로 발화를 전개하는 것이 아니라 독자를 포함한 다양한 청자를 설정하고 그들 각자를 향해 서로 다른 형식으로 발화하는 시쓰기 방식을 보여주고 있는 것입니다.

이런 방식은 예사롭지 않아 보입니다. 양안다 고유의 문체(스타일)라고도 보입니다. 시들을 읽다보면 파도가 일렁이듯 다채로운 결들로 펼쳐졌다 끊어졌다 하며 우리의 감각을 건드리는 들리지 않는 연주를 듣게 됩니다.

그런데 이 발화 방식이 시인의 어떤 생각, 또는 어떤 태도에서 비롯된 것인지 언급해야 할 것 같습니다.

3. 나를 통해 나를 말하는 방식

내가 흔들거리며 걷는다. 어린 내가 꿈의 그네를 타는데.

—「퇴원」 부분

유년의 내가 나의 눈먼 영혼을 내리쳤다.

—「망상 한계」 부분

꿈에서는 수평선에 가라앉은 내가 아득한 깊이를 이해했다.

—「소학교 일년생」 부분

창밖에 나무 한 그루가 보인다는 건 내가 나무를 사랑하는 것처럼 보이게 만든다.

—「백일몽」 부분

인용한 부분들의 공통점은 무엇일까요? 그렇습니다. "내가"라는 구절이 있다는 것입니다. '내가'라는 주어는 특히 주체 자신의 행위에 중점을 둘 때 많이 쓰입니다. 예를 들어 '나는 버스를 탔다'라는 말은 평이한 정보 전달로 받아들여지는 데 비해 '내가 버스를 탔다'라는 말은 버스를 탄 '나'의 주체성을 더 강조한 말로 들립니다. 이때의 '내가'는 주체 '나'의 입장에서 볼 때 어느 정도 거리를 두고 스스로를 지칭하는 주어라고 할 수 있을 것입니다.

앞에서 잠깐 얘기했지만 양안다의 시에는 시 속 주체인 '나'가 있고 '나'의 시인이라는 주체가 있습니다. 전 단계의 시인 '나'는 시 속 '나'를 등장시키며 시인 주체 자신의 얘기를 드러내고 있습니다. 여기까지 보면 다른 보통의 시에서 시인이 화자 '나'를 통해 목소리를 드러내는 방식과 같다고 생각될 것입니다. 이 경우 시인 주체와 시 속의 '나'는 거의 동일한 주체입니다. 그런데 양안다의 발화 방식은 조금 다

롭니다. 시 속의 '나'를 시인 '나' 대신 발화하는 타자로 대하면서 시인 '나'의 생각을 말하도록 하는 방식인 것입니다. 시인 '나'가 직접적으로 목소리를 드러내는 경우는 독자를 향해서일 때입니다. 그래서 위에 인용한 부분에서 보듯 "내가 흔들리며 걷는다"라는 다소 어색한 문장이 나타나게 된 것입니다. '나는 흔들리며 걷는다'가 아니라 "내가 흔들리며 걷는다"라고 발화한 것은 시인 '나'가 시 속의 '나'를 통해 시인 '나'의 행위를 강조하여 말하도록 한 결과입니다. "꿈에서는 수평선에 가라앉은 내가 아득한 깊이를 이해했다"라는 문장도 마찬가지입니다. 이 문장에서는 "내가"라는 부분이 없어도 의미 형성에 별 무리가 없습니다. 굳이 "내가"라고 쓴 것은 시인 '나'의 생각을 시 속의 '나'라는 주체를 거쳐 드러내기 위해서입니다.

그렇다면 양안다는 왜 이렇게 간접적인 발화 방식을 취하고 있는 것일까요. 이번 시집에는 이야기가 진행되는 시도 많고 대화 장면도 다수 있습니다. 쉽게 말해 서술적입니다. 그러나 이 서술은 위에서 언급한 간접적 발화의 방식을 통해, 또한 다성성의 발화를 통해 문장화되고 있어서 서술이 풀어지지 않고 이미지를 형성해내고 있습니다. 즉, 시적 진술과 대화에 개입하는 다양한 인물들과 시에 나타나지 않은 목소리까지 모여 있는 형상이 그려지고 있습니다. 이렇게 볼 때 서술은 환유적 기술이지만 그것이 이미지를 형성하면서 은유화되는 과정을 보여주고 있다고 할 수 있겠습니다. 양안다의 시들이 산문적이면서도 응집된 장면으로 느껴지는 이유일 것입니다.

4. 아브젝트와 불완전한 주체

이제 첫 장에서 언급했던 불완전한 상태의 기호에 대한 얘기를 이어나가겠습니다. 앞서 말한 다성성의 발화나 간접적인 발화 방식 역시 가변적이고 복수적인 시적 태도를 보여주고 있습니다. 즉 발화의 방향이 어느 한 가지 확정적인 기의에 머물러 있지 않는다는 것입니다. 이런 점은 아무래도 양안다가 드러내고 싶어하는 현실 이면의 현실, 꿈이라고 해도 좋고 환상이라고 해도 좋은 그 현실이 무언가로 확정 짓기 힘든 세계이기 때문에 그런 것 같습니다.

아브젝트(abject)는 보통 비참하고, 비천하고, 버려진 것들을 의미하는 용어입니다. 크리스테바에 의해 정교하게 개념화된 이 용어는 혐오스럽고 거북스러운 대상들을 가리킵니다. 좀더 확장해본다면 기성적이고 정상적이라고 간주되는 것들의 반대편에 있는 비확정적이고 비정상적이라고 여겨지는 불편한 대상, 혹은 불완전한 주체를 의미합니다. 정신분석학에 따르면 우리는 상상계를 거쳐 상징계에 이르게 됩니다. 상징계는 질서와 윤리가 갖춰진 가운데 사회화가 이루어진 세계입니다. 우리의 현실세계를 의미하는 것이지요. 언어의 관점에서 볼 때 상징계는 불완전하고 무정형인 기호가 확정적인 상징적 기의를 획득하게 된 세계입니다. 상징계의 질서에서 볼 때 아브젝트는 불완전한 기호의 세계이고 아직 기의가 정의되지 않은 세계입니다. 아브젝트는 상징계 바깥에 있는 기호계적 코라(chora, 즉 정체성의 명확한 경계를 나누기 이전의 정신적 요소)에 속해 있다고도 말합니다. 상징계에서는 이러한 아브젝트가 이른바 '적절한 주체' 형성에 방해가 되는 요소이고, 그런 것들을 추방하고 배척하는 방식(이러한 행위를 '아브젝시옹'이라고 합니다)으로 체계가 유지된다고 합니다.

양안다의 이번 시집에는 이러한 아브젝트를 이루는 세계가 자주 등장합니다. 종종 꿈이나 환상의 형태로 나타나고 있지만, 어떤 면에서는 현실세계에서 잘 언급되지 않거나 배제된 것들, 또는 혐오스럽거나 기괴한 것들의 세계에 시인-주체가 살고 있는 것처럼 보입니다. 상징계의 입장에서 볼 때 시인-주체는 불완전한 상태의 세계에 살고 있는 것이지만 그러나 양안다는 그의 의식이 지향하는 그 세계가 오히려 불완전하여 완전한 세계라고 생각하는 것 같습니다. 그의 시에서 시인-주체는 사회화가 이루어지고 엄격한 규율이 작동하는 기성의 현실을 "불신하는 것—합리적인, 객관적인, 과학적인"(「쇼파르」)이라며 거부합니다.

이 세상의 교육자라는 사람들은 모두

세상일에 대해 말하길 즐기고
세상 논리를 따지길 즐긴다.
다들 그만. 이제 집에 갈 시간이야.
사랑도 모르면서 사랑 노래를 부른다니요. 교육자들은 하나같이
자신이 얼마나 멋진 사랑을 경험했는지 늘어놓는다.
이제 정말 집에 갈 시간이야.

(……)

잘하려고 하니까 오히려 더 망가지는 춤.

—「겨울은 계속 나쁜 짓을」 부분

엄격한 어른의 세계를 상징하는 "교육자"에 대해 부정적으로 말하면서 '나'는 친구들과 춤을 춥니다. 그 춤은 잘하려 할수록 "망가지는 춤"입니다. 잘한다는 것이 상징계의 질서를 고분고분 따르는 것이라면 망가지는 결과를 가져오는 그 상징계의 질서는 제대로 된 질서가 아닌 것입니다. 시인-주체는 이러한 어른의 세계, 기성의 세계, 상징계에 속하지 않는 아브젝트의 세계에 속해 있습니다. 그 세계에서 볼 때 상징계의 현실은 벽처럼 느껴지고 환영해주지도 않는 곳으로 받아들여집니다.

나 어릴 적
그네 타고 발을 구르며
멀리멀리
세상 모든 지평선을 보고 왔어. 그곳에는 높은 장벽과
그 안에 또다른 장벽과
장벽과 장벽, 장벽으로 둘러싸인 마을……
너무 멀다. 삶은 짧고
어느 곳을 가든
환영받지 못할 우리라서.

—「검은 장벽」 부분

이 아브젝트의 세계는 아이의 세계이기도 합니다. 이번 시집에 자주 등장하는 '아이'는 실제 나이 어린 '아이'가 아니라 '아이의 세계'에 속한 미완의 주체, 확정적인 기의가 주어지지 않은 비결정적인 기호적 주체를 의미합니다.

아이의 세계에 살고 있는 시인-주체는 마치 반항이라도 하듯 "*나빠지기 좋은 시간이야*"(「오뉴월」), "오늘은 몇 명이 죽었고 밤 소풍은 즐겁니"(「나쁜 피」), "찔렀어./네가 흘린 체리코크 몇 방울이/핏방울과 몸을 섞고 있다"(「몇 개의 작은 상처들」)에서 보듯 점점 더 기괴하고 혐오스러운 아브젝트의 요소에 탐닉합니다. 이러한 아브젝트의 세계는 상징계의 입장에서 볼 때에는 아직 미성숙하고 개선할 여지가 많은 기호계적 코라의 세계입니다. 즉 상징적 기의가 확정

되지 않은 유동적인 세계인 것입니다. 그러나 양안다의 의식에 따르면 불완전한 기호라고 해서, 기성의 규율에 어긋난다고 하더라도 그것이 반사회적이고 비윤리적인 행위가 아닌 이상 완전한 상징계의 기의에 꿰어 맞출 이유는 없는 것입니다. 오히려 시인은 아브젝트의 불완전한 기호 자체가 완전한 기의를 갖고 있는 생동하는 코라가 아닐까, 생각하는 것 같습니다. 시인-주체가 그러한 삶을 현실로 받아들이고 누리는 방식으로 자주 등장하는 것이 바로 '춤'입니다.

불을 지폈고 나체로 춤을 추었고
절정이었을까?
아름다워. 숲속의 호수가
달을 비추고 있었습니다. 물결을 풀었다가
당겼다가…… 뛰어들었습니다.
우리 중 누구도 익사하지 않아요.
네 꼴을 좀 봐. 까르르 웃음을 터뜨렸지.
너는 조금 춤을 춘다.
나는 조금 불을 지켜보고 있는데.
우리는 이 세계의 멀리건.
너의 잔에 달이 떠 있어.
나의 잔에도 달이 떠 있구나.
우리는 그것을 들이켰다.
내부에서 울고 있는 새와 함께

도주하는 빛에 대하여 노래하였다.

—「Queen of Cups」 부분

시집 곳곳에서 등장하는 춤추는 장면은 무척 아름답지도, 우아하지도 않고, 또한 잘 추는 춤도 아닙니다. 그것은 아이들의 장난스러운 춤에 가깝습니다. 아브젝트를 현실로 여기고 그곳에 머물기를 바라는 시인-주체는 꿈과 동일시되는 "숲속의 호수가/달을 비추고" 있는 그러한 환상적인 세계에서 흔들리는 기호적 존재가 되어갑니다. 이 주체-기호는 결정된 세계-기의를 갖고 있지 않습니다. 다만 몸짓인 '춤'을 출 뿐입니다. 완전한 불완전인 춤을.

양안다 2014년 『현대문학』 신인추천을 통해 작품활동을 시작했다. 시집으로 『작은 미래의 책』 『백야의 소문으로 영원히』 『세계의 끝에서 우리는』 『숲의 소실점을 향해』 『몽상과 거울』, 동인 시집 『한 줄도 너를 잊지 못했다』, 산문집 『달걀은 닭의 미래』가 있다. 창작 동인 '뿔'로 활동중이다.

문학동네시인선 186
천사를 거부하는 우울한 연인에게
ⓒ 양안다 2023

1판 1쇄 2023년 1월 30일
1판 8쇄 2024년 9월 30일

지은이 | 양안다
책임편집 | 정민교
편집 | 김수아 정은진
디자인 | 수류산방(樹流山房)
본문 디자인 | 이주영 저작권 | 박지영 형소진 최은진 오서영
마케팅 | 정민호 서지화 한민아 이민경 안남영 왕지경 정경주 김수인 김혜원
김하연 김예진
브랜딩 | 함유지 함근아 박민재 김희숙 이송이 박다솔 조다현 정승민 배진성
제작 | 강신은 김동욱 이순호
제작처 | 영신사

펴낸곳 | (주)문학동네
펴낸이 | 김소영
출판등록 | 1993년 10월 22일 제2003-000045호
주소 | 10881 경기도 파주시 회동길 210
전자우편 | editor@munhak.com
대표전화 | 031) 955-8888 팩스 | 031) 955-8855
문의전화 | 031) 955-2696(마케팅), 031) 955-1922(편집)
문학동네카페 | http://cafe.naver.com/mhdn
인스타그램 | @munhakdongne 트위터 | @munhakdongne
북클럽문학동네 | http://bookclubmunhak.com

ISBN 978-89-546-9933-4 03810

* 이 책의 판권은 지은이와 문학동네에 있습니다. 이 책 내용의 전부 또는 일부를 재사용하려면 반드시 양측의 서면 동의를 받아야 합니다.
* 이 책은 2022년 한국문화예술위원회의 아르코문학창작기금(발간지원) 사업에 선정되어 출간된 작품입니다.

잘못된 책은 구입하신 서점에서 교환해드립니다.
기타 교환 문의: 031) 955-2661, 3580

www.munhak.com

문학동네